冯杰 著

画画的故事

作家出版社
全国百佳出版社

图书在版编目（CIP）数据

画画的故事 / 冯杰著．-- 北京：作家出版社，2025. 6. -- ISBN 978-7-5212-3361-2

Ⅰ. I267.1

中国国家版本馆 CIP 数据核字第 20258D07H3 号

画画的故事

作　　者：冯　杰

责任编辑：向　萍

封面设计：李　超

出版发行：作家出版社有限公司

社　　址：北京农展馆南里 10 号　　　**邮　　编**：100125

电话传真：86-10-65067186（发行中心）

86-10-65004079（总编室）

E-mail:zuojia @ zuojia.net.cn

http://www.zuojiachubanshe.com

印　　刷：河北星强印刷有限公司

成品尺寸：145 × 220

字　　数：139 千

印　　张：13.25

版　　次：2025 年 6 月第 1 版

印　　次：2025 年 6 月第 1 次印刷

ISBN 978-7-5212-3361-2

定　　价：65.00 元

捕

这是一本看似玩物丧志其实并不丧志的闲书，你想丧也丧不到哪里去。画不好我来写，文不好我来画，我还会让文图互相躲闪不见，捉『字色迷藏』。雪在宣纸上，融化前雪是雪，融化后宣纸就是烂纸了。我喜欢一种『艺术黄花鱼溜边主义』。

目录

写给“北中原”的情书

记“诗画”冯杰

天光尚暗，黎明在即，冯杰醒了吗？

也许，冯杰仍在梦中。可他的“鸡”醒了。虽在梦里，他心中有“鸡”，故乡的鸡。于是，在丁酉年到来的时候，他画的公鸡已在北中原的田舍、灶间，抑或是篱笆院的墙头，引吭高歌了。

已是久远的过去了。二十多年前，我被人引诱，写过一部名叫《颍河故事》的电视剧。当时，这部电视剧拍摄完成后需要一个主题歌，导演说要找高手来写。当时，我就说了两个字：冯杰。我力荐冯杰来写。那时候我还不认识冯杰，可我读过冯杰的诗。当时的冯杰虽还在豫北长垣一个小县里做事，可他的诗、文已红遍了台海两岸，并连连在台湾《联合报》获得大奖。于是几经周折找到了冯杰。那时的冯杰是多么年轻，娃娃一般质朴秀气！约见冯杰后，见他虽然年轻，身上并无傲气，即刻答应下来。然而此事反反复复，又是几经周折，电视剧在中央电视台播出了，主题歌唱完了……却并未见到冯杰的名字。当时我没在意(抱歉)。冯杰也没在意。也罢。就此事来看，可见年轻冯杰的淡泊。

那时候，之所以力推冯杰，也不仅仅是他诗写得好，更重要的是我在他的诗里读到了两个字：眷恋。对故乡热土深深的眷恋。这份“眷恋”之意，从“姥姥的村庄”里跳出来，一字一字地漫散开去，跨过漫长的台湾海峡，登陆于台湾的大街小巷，使许多在台湾谋生的北中国人读得泪流满面！

河南作家兼画家冯杰有三支笔，可说是“诗书画”俱佳。在冯杰的画里，我仍然读到了这两个字：眷恋。冯杰的画意里始终弥漫着对故乡热土的眷恋。就像是“姥姥的村庄”近在眼前。炊烟在天空中飘散，泥土在公鸡的爪子上弹落，池塘里有蜻蜓戏着荷叶，村路上有骡子一踏一踏的蹄印，挑着一抹夕阳的盘柿挂在冬日的树梢儿，即或是树上那只警惕的猫头鹰，也一眼睁一眼闭，虽常被视为不祥之物，看人间却并无恶意。

在我看来，冯杰的画是“意”在先，技法在后的。他画的萝卜、白菜是有“素心”的，他的荷叶是拽着露珠儿的，他画的小老鼠让人看到了童年里的“灯台”，他画的毛驴可以让你听到扯着时光的驴鸣。在冯杰的画作里我读到了人间的烟火气，读到了系在画作里的百姓日子，这里边有浓浓的爱意和诗情。

在我看来，冯杰的画是“神”在先，形在后的。一个画家的气质支撑着画作达到的境界。冯杰的画以人生况味作底，画意里有他独特的、形而上的人生大思考。岁月无痕，这里记述的日子就像是李逵的那把“板斧”，它会让你想起砍下去的是什么，留下来的又是什么。

在我看来，冯杰的画是“品”在先，工在后的。他的画里有诗性的感悟，有书卷气为衬的挥发，有对古典文化的顶礼膜拜，有大真大善大美为骨的修为和蕴含。意境端的是取法为上的。

冯杰的画大多是小幅的，看去悠然，率性，憨直，却又像是写给北中原的一封封册页情书。面对北中原的大地，面对故乡的热土，他把爱意铺在纸面上，一笔笔地勾勒、渲染……这就像是家乡的“灶火”，以此来温暖他那颗客居城市已久的、漂泊的心。

最后，我想以杜甫的四句诗作为贺语：

“造化钟神秀，阴阳割昏晓。”

“会当凌绝顶，一览众山小。”

李佩甫

（李佩甫，著名作家、茅盾文学奖获得者。）

掐荆芥，此处只说不画

天下情趣写者、画者，皆在一种“小心思”范围里经营，说破了都是颜色里闹革命，小打小闹，聊以度日。在砚台里起义，见不了洪秀全。身若无事之时，不断捡味拾趣，像我在菜园子里掐荆芥。一丛荆芥叶子掐了还发，发了还掐。生长期它怕不掐，像有的孩子竟偏偏喜欢爹揍。

善食者，图的就是一股怪味和一把新鲜。

画画是在日常里折腾出一些高于掐荆芥的“境界”，荆芥、境界谐音，外省人听不出，河南人能听出。“境界”属于更伟大的叶子。对我而言是“荆芥”比“境界”好。图画又比文章直观好看。

这些文画合成都是一种“掐荆芥”行为，属于“后荆芥时代”，至于从中的拔高、调和鲜嫩、造味加汤、感觉造化，那是读者自己的事，和作者无搭界。如同袈裟和穿它的僧人无关，僧人对偈语负责不对袈裟负责。桥梁和走过去的旅行者无关，鸟声和飞过的翅膀无关，文章和笔墨无关。我和色无关，本书说的是文和画无关。

如是再说，就近似打禅语，近似主持人装聋作哑，近似野狐禅妄语。

第一池／

画人物

画苏东坡记

苏东坡只是一个符号，没有性别，没有形状。每一个人心中都有一个自己认可的苏东坡。非男非女，可男可女，中性的苏东坡，零位置的苏东坡。中性非中性，人人都可使用。

实际是“一枝苏”。

全世界只有一个苏东坡，属牛。近千年来，他一直看后世诸多伪苏徒们在附庸风雅，男苏女苏，苏联、苏丹，批量制造不同的苏东坡。他持竹杖，着芒鞋，一路心里暗笑。

在开封元宵节里游走的最多的是糖葫芦，一架糖葫芦有十来个，中间串糖葫芦的是一根竹扦。苏东坡相当于中间那一根竹扦，糖葫芦和苏东坡无关。我不吃竹扦，只是沾了一点苏东坡的甜。

一家报纸搞文化游戏，吴主编让选择“生活在中国哪个时代最好”。年轻时我喜欢表达鲜嫩观念，五十岁以后不再喜欢这类“假设活动”。我说我不选择吧，又没奖金。对方急催，我说肯定生在新中国长在红旗下最好。主编说今天不讲插科打诨，是说历史。我说选择宋朝，首都东京离我家近，河北河南之隔，那时黄河在滑县长垣以西，最好能跟随东坡当个书童。

主编高兴地击掌，看！找你这就对了嘛。

苏海博大，我理解得浅。细想，无非喜欢苏东坡“将就和讲究”。狂妄怪癖无非是将就，庄重严肃是讲究。他对提炼文学的讲究，对自身状态当下的将就。一辈子都是一种“游世”状态，人生不“这么”幽默打发便终会有“那么”来临，再宽博的驴子也会气半死和憋屈死，苏东坡会早死于颠簸路上，比岭南那一枝梅花死得还早。

苏东坡的大魅力，我总结为：人生下坡路，境界往上行。越是落魄时，越要抽出时间研究猪头肉的吃法。

晚年他谈人生体会，总结道：“问汝平生功业，黄州惠州儋州。”把一生档案做了总结。内容精练，斩决了断，是一个十斤重的大黑色幽默。幽默一路没打伞就来了。黄州—惠州—儋州，被贬路上多颠簸，一而再，再而三。路上泥泞，要看风景，要有心思这样自嘲。

一位自认是儒商的老板在海南置买新房，让我写字补壁，我翻书，为他抄录苏东坡《别海南黎民表》：“我本海南民，寄生西蜀州。忽然跨海去，譬如事远游。平生生死梦，三者无劣优。知君不再见，欲去且少留。”他说不合适吧？我说这是苏东坡写海南最好的广告诗，单凭这首诗，海南房价可全面上涨。

早春二月，在开封参加一个可免费喝羊肉汤的笔会，和也是苏东坡研究者的庞会长闲聊，他说我的字写得没有苏东坡写得好，我说你讲具体些，他说有形无神。羊肉汤我也不喝了，我说私淑苏轼的自然总行吧？

想想人间还有一位不尿整个世界那一壶的人存在，我也会加餐壮胆。

文好，字好，画好，诗好，词好，美食好，官做得好，喝酒好，心态好，胡子好，呼噜打得好，苏东坡的等等都好。

研究者庞会长还在评价。

我想很多理由不好意思出口，最后，我说：“苏东坡不会使用手机。他也不会玩微信。”

画钟馗记

社会行情上，钟馗造像一直属于“显画”，不是“冷画”。这就需要让人思索了。画钟馗永远不俗，市场热门畅销。画家会死，钟馗不死，朱砂红不死，估计还能画五百年。上至中南海下至隔壁豆腐坊及对门烧饼店，都可张贴使用。功能是避邪，大吉。

唐宋元明清民国以降，社会上一直有鬼闹鬼。大凡有鬼的传承就有钟馗出场。我对县纪委一位小吏说，纪委徽标应是一个钟馗头像，不穿西装，能镇住部分正在赶路的妖怪。

我少年时代学画卖画，看到从道口镇上到留香寨的乡村公路上，钟馗一边不断走动，一边擦汗。

北中原多见的是印制木版年画钟馗像，如滑县木版年画，属于在野的钟馗，尘土飞扬，草纸上沾着草木之气。另一种属文钟馗，带一点朱砂之气。

画钟馗凑热闹的人很多，有赵之谦、李方膺、金农、任伯年、王震、吴昌硕、齐白石、冯杰（自谦排列最后）。其中任伯年属打鬼圣手，画钟馗最多，打开门，门后站的、墙角蹲的、椅上躺的、凳子上坐的都是钟馗。红影子晃荡。理发匠给他剃头，还能从头发里找到朱砂。

三十年前我在河南南乐县一农场参加金融培训，听不懂经济学，又不便抗议，喜欢上课逃学。我闲钱有限，不能搭汽车，便借炊事员一辆自行车，骑到河北大名县城逛荡。原是想看邓丽君故里，后来在书摊上买一本天津出的《迎春花》画刊，冲着封底有一幅任伯年的钟馗，冲着钟馗手持一条绳索、脚上套着一只露脚趾的破靴。尽管书价高达一顿饭钱，最终还是咬牙买下。

一只靴子引我联想，是否会在撵鬼路上进沙子硌钟馗的脚？一方时间的滴漏代表着任伯年钟馗的细节魅力。

三十多年云烟过去，生活里，乌云和祥云花边云都有，钟馗一直在北中原乡村公路上行走，他吃饭，他剔牙，他听民间祷告，他让人张贴，说世界自有天地乾坤。乙未初台湾联合文学出版社出版我一本专题谈乡村妖怪的散文集《马厩的午夜》，给我一个和钟馗互动交谈的机会。书中我画了几十位现实主义和浪漫主义的钟馗。饱享殊荣，极大地提高了钟馗胡子的密度和他的颜值。

有评论家赞叹说，如果延伸一下，近似画史里的“十八描”，近似琴史里的“十二操”。

我是诗人，喜欢分行，我将能够掌握的钟馗的诗意罗列如下：

打手机的钟馗喝白酒的钟馗手持桃木剑看绵绵

无期连续剧的钟馗

剔牙的钟馗捻胡须的钟馗掏耳朵眼儿装聋的钟馗穿错一只名牌鞋子的钟馗

打哈欠的钟馗不断咳嗽的钟馗擤鼻涕的钟馗发一声喊也不管用的钟馗

练八段锦的钟馗打陈氏太极拳的钟馗服兴奋剂的钟馗倒挂金钟的钟馗

骑鲸鱼碧海遨游的钟馗吃大闸蟹的钟馗东临碣石的钟馗

看玉兰花的钟馗点爆竹的钟馗折梅不吟诗只饮食枕石只漱石饮泉的钟馗

放屁不合乎平仄的钟馗看《参考消息》叫骂的钟馗冷笑一声掉地的钟馗

睁只眼闭只眼的钟馗六个指头挠痒的钟馗腰中系一条红狐狸的钟馗

打一柄破雨伞湿了衣领子的钟馗修理木屐的钟馗穿针引线的钟馗

开车的钟馗高速公路上横冲直撞的钟馗尝一点墨汁就醉的钟馗

看盗版书《资本论》的钟馗煮道口烧鸡煮东坡肉的钟馗刮胡子的钟馗

播种小麦的钟馗捣碎农药泡酒的钟馗瓷器摔碎的钟馗

一开会瞌睡流口水的钟馗拥有滑膜炎对抗山水的钟馗

听冷笑话的钟馗倒吸一口凉气的钟馗睡前喝陈醋的钟馗

拍桌子的钟馗镶假牙的钟馗风衣上有一面故作谦虚状补丁的钟馗

吃荔枝不吐核的钟馗把鼠标重叠于雪山的钟馗喝彩的钟馗

靴子里装着一座图书馆的钟馗掌中有变压器的钟馗

玉壶买春的钟馗与鹤独飞的钟馗研究二十四妖品的钟馗

敢题匾额的钟馗把一枚铜钱暖热的钟馗带球状闪电的钟馗

欠账躲避秋风的钟馗知道十二客花名的钟馗种瓜的钟馗

铁打的钟馗流水的钟馗檀木香气似的钟馗以雾捆绑的钟馗

制造钟馗主义的钟馗茕茕孑立的钟馗成群结队一边打嘹亮呼哨的钟馗

左边的钟馗右边的钟馗上面的钟馗下面的钟馗而永远不存在的钟馗

画诗人记 | 诗意的拒绝

从一场晚会说起。

一千多年前举办一次文艺晚会，唐代诗僧贯休以诗投钱镠，其中有“满堂花醉三千客，一剑霜寒十四州”妙句。钱镠见诗，认为这是非虚构作品，属于写实，让人给他做思想工作。派往的人对贯休说：诗是好诗，整个主题把握得也好，但还可更上层楼，譬如若改“十四州”为“四十州”，领土增大，钱王则愿相见。

“陌上花开，可缓缓归矣。”钱镠对自家人讲慢速度，对别人讲快速度。

古代诗人多可“推敲”，不可“推拿”。贯休听后，涌上来二杆子脾气，他叫板道：“州亦难添，诗亦难改。余孤云野鹤，何天不可飞？”竟然拒绝钱镠要求。飘然离开杭州，去了蜀中，继续他的“满堂醉行为”。

除了是诗人、书法家，贯休还是一位画家，最善画罗汉。一招鲜，吃遍天，如今天有画家专门画马专门画虾米画猴子或者专门画领袖像。

当代诗人的骨头哪里去了？贯休坐在云朵上对下面吾等说：早已大面积钙流失。

这样一对比，贯休显得比我骨头硬。我生活了半世纪，只是一个失败诗人，一直在一个我自己决定不了自己能否继续平静生活的空间里生活着。如果我是贯休，会答应妥协，条件和结果是：或畏于权势，或给我俩钱，或要我吃肉喝酒，别说加上四十州，就是加上四百州又有何妨。反正是天对地，地对空，上北下南左西右东，我会再加上一张视觉上更大的九州地图。

贯休知道坚持拒绝，他坚持诗意里一种非诗意立场。

有一天，我还读到他一句诗“夜雨山草湿”，连这种细微处他也能感触到，接触到了露水。怨不得诗人不舍得添州，毕竟添州不是添一瓢粥，不是添一颗露水。

附一：

从捻，从画

关于作家画画的一种扯

过去，我常说："写者为诗，闲者为画。"本来两者就是一体，没有把作者和作品一刀劈开的道理，没想到，后来有一天居然和捻军相通。

在心为琢磨，出口为诅咒。

当年捻军主要活动在豫、皖、苏、鲁这一带，捻军起源于"捻子"，最初皖豫处有游民捻纸，将油脂点燃，烧油捻纸用来作法表演，为人祛除疾病以牟利，让乡民募捐香油钱，购买油捻纸。后来逐渐人多，饥民为活命才从捻，歌谣有一句"想老乐，盼老乐，老乐来了有吃喝"（老乐即捻首张乐行。许多年后，我和他的后人一块儿在徐州喝过羊肉汤）。除了为水谷之海，根本没有理想，和我当年写作为买烧饼一样。

捻子从外表是看不出来职业的，手上都长茧，"居者为民，出者为捻"，这是当时的一个判断标准。不好隔皮断瓤。

"作家画"等于"从捻者"。一个作家去画画大概和从捻差不多。别让他说理想和境界，都是想过好"文艺生活"。你单看他腕底功夫和局面趣味即可了，千万别给出缝隙，让作家讲画画的灵丹妙药，更别往纸外三米处去扯。

附二：

画画就是画画

一管狼毫不要蘸词语，不要蘸名词、动词、形容词，不要涉及风声、雷声、雨声。只管把颜色调好。颜色一定要准确。在画家不色盲的前提下，不要像凡·高把星星画成蓝色的大鸡蛋，尽管凡·高有凡·高的道理，但你不是凡·高。

调色板里不需要三原色和比喻，砚池里不需要埋伏黄巾军蓝巾军黑水军红枪会等颜色，免得远观气象时，判断误解。闭住气把线条画到近似值，线条一如雪山行旅，线条里要有驿站，且不能流畅，不能画得太像。

前半句我说的，后半句是辟才胡同齐大爷说的，再次强调一下。

落款时最需要注意，它比整个画面显得更为重要，这才是一曲碧水环绕青山。一座山上能否生长蘑菇和蕨类，全靠这一湾清水滋润点活了。是点睛，更是点精。

我有一枚闲章，印文是“不须看画”，最后盖上。

第二池 / 画翎鳞

画鸟记

要站在鸟的立场上说人话

世上专注一辈子画鸟的“鸟画家”不多，大多属顺坡下驴，兼笔捎带。即使在皇家画院工作的黄筌画的也不全是鸟，还有蚂蚱和蛐蛐。

徐悲鸿画马之余兼画喜鹊和鸡。鸡是家禽，不能叫鸟。李苦禅唱完京戏后兼画苍鹰，画完接着再唱。李苦禅笔下的老鹰造型变化不大，水墨老鹰遗传基因的缘故，外表看都是一个鸟巢孵出来的近亲。

那一年，同道侯钰鑫老师在河南省文学院开《大师的背影》新书研讨会，对我说，当年他收藏了一幅李苦禅画的八哥，可惜没有落款。我问是何缘故，答曰：是李大师画毕于题款的空隙犯了戏瘾，要唱一段京戏《霸王别姬》，唱到高兴时忘题款了。我对侯老师说：没有落款的八哥只能卖上一只老鸹价。

八大山人笔下之鸟，一只一只孤独站立，都在藐视这个冰雪世界，它们羽毛冷峻耸立。这些鸟没有自己的名字，且都一只腿独立，翻着白眼，似在与新政府的政策叫板。八大山人也不是专一画鸟者，兼画荷花画松风画残山画剩水画咳嗽画叹息画眼泪。唐寅画美人之余才画一只学舌的八哥。如统计齐白石的题材可以得出结果，莲蓬、虾米多于小鸟。潘天寿多画山水，石头如铁一般坚硬。铁青络腮胡子似的山水，不断增加宣纸高度。他很少画鸟。

黄宾虹干脆离案，避鸟。

诗史上有个幽默诗案叫“众鸟欣有托”，是赞颂疝气的。我除了不敢画领袖的标准像之外，其他题材都画，尤其画鸟多，且落款不同。省美协陈逸鸣主席看到，叹道：这真叫见什么鸟说什么鸟话。

《猫头鹰》的落款：“此鸟可避瘟疫，避鼠辈，避雀噪，避虫鼓，避乌鸦之声，十丈之外，最可避鸟人也。”落款，我一向喜欢不重复，但许多人非叫我来回重复题款这几行字，我都烦了，而许多人未烦，足见世风走向。

《乌鸦图》的落款：“乌鸦自白：会当凌绝顶，一览众山小。老杜说的是我此时的心声。”许多人皱眉，攥着手偏不让我题这几行字。

《白鹭图》的落款：“我追寻月光的影子，然后融为一体。”现代抒情诗的句子。

《麻雀图》的落款是穷款，瘦款，仅四字“大地赤子”。惜墨如金。四字千金。

我一向认为落款为画的帽子，是画家的眉毛。

没有眉毛的画家成何体统？只能叫蛤蟆眉。现在留有蛤蟆眉的画家很多，面白无须尤眉目。

数年来凡是遇到出手必写“宁静致远”“厚德载物”的书画家，我多是在旁边理纸，看他们写。

见什么鸟就要去说什么话，这才是对鸟的尊重。我知道急就章的游戏最见突然的妙趣。如果要说艺术立场，我只有一种移动的态度，像不断移动的云彩。一种带有翅膀的艺术立场，是一个“鸟立场”。

不仅仅限于画画。一个诗人也须拥有一个“鸟立场”。还接近《金刚经》里的“应无所住”那一句。让一位从艺者在艺术里有所受用。

画猫头鹰记

古代画家不画此鸟。

我写《画猫头鹰极简史》里统计有：高奇峰画过一只，高剑父画过一只，林风眠画过两只，齐白石画过一只。危险系数最大的是黄永玉，鸮羽不计其数，因鸟惹火烧身。猫头鹰那年代携带着阶级敌人夜间飞翔。

俗人不会接受此鸟入堂。世间大都喜欢仙鹤、孔雀、凤凰，哪怕画麻雀。

顾恺之擅画人像，有时画了几年都不点眼睛。别人问他为何？他指着眼睛回答："四体妍蚩，本无关于妙处，传神写照，正在阿堵中。"说的是要画好眼珠子。

顾画家和冯画家见解相同。

我的体会是：画猫头鹰最要紧处是把眼睛画出神采，橘黄加藤黄为眼眶，眼珠子用漆墨，最后要点一笔钛白，近似画龙点睛，画牛点睾丸。

猫头鹰是奇异之鸟，听觉神经发达。一个体重半斤的鸮约有九点五万个听觉神经细胞，而体重六百克的乌鸦只有二点七万个。世上乌鸦已经够聪明了。人呢？未知。一块生铁没有神经。

猫头鹰的视觉敏锐，在漆黑的夜晚，能见度比人高出一百倍以上。你要夜袭，你要行贿，你要偷情，它远远就看到了。天知地知你知猫头鹰知。

非洲还有一种猫头鹰，眼睛可发出光，唰的一声，那光像手电一般，亮度还可以调节，当地人就利用猫头鹰来捕猎。更为神奇的是，猫头鹰眼里发出的光照在其他动物眼睛上，动物毫无察觉，且呆立不动。然而中国猫头鹰不具备此项手电功能，中国境内的动物们大可放心。

猫头鹰是昼伏夜出之鸟，一贯夜行，一旦在白天活动，飞行会颠簸不定，有如醉酒微醺。我在乡下就见过一只宛如喝了半斤二锅头的猫头鹰，大白天撞到网上。

村里有一句歇后语："武大郎玩夜猫子——啥人玩啥鸟。"我翻遍《水浒传》，除了见武大郎做炊饼，并未见他玩鹰。可见这是一个民间话语版本。

猫头鹰不讨喜的原因是其长相古怪：两眼大圆，炯炯发光；两耳直立，像神话中的双角妖怪，使得古人多用"鸥目虎吻"一词来形容貌凶。《说苑·谈丛·枭将东徙》中："枭逢鸠。枭曰：'我将东徙。'鸠曰：'何故？'枭曰：'乡人皆恶我鸣，以故东徙。'"声音不好，像杂文家，像鲁迅。现实里，猫头鹰不如八哥讨人喜欢。

台湾诗人管管在两岸颇有诗名，姓管名管字不着，叫"管不着"。2012 年春天我俩合作过《猫头鹰图》，我送他两只，他回过来一只。管管先生专门为图写了一首《鸺鹠说》，诗妙不可言。诗曰：

吾在金门砦山第一次看到鸺鹠

捉住鸺鹠准备喂养鸺鹠

幼年听鸺鹠恐怖嗥声一夜蒙头紧抱老娘到天亮

鸺鹠吃活肉养不活

鸺鹠屎之臭令吾者逐臭之夫甘愿投降

只好放尔归山落草为寇

你叫鸺鹠又名鸒侯训狐熏胡皆是形声而命名

都没有见过庐山足见阁下不是无踪无影飞贼

夜里游走四方与鬼怪同行轮颈可察八方魑魅

圆睛能炖牛鬼蛇神又善粉墨登场

惹得卡通人爱鬼见愁猫头鹰大侠

你说叫我夜行飞贼也比较过瘾

家乡传说鸺鹠夜里嗥叫该村必有人驾鹤归西免得遗臭万年

这是鸺鹠大侠先知先觉推背图刘伯温鸺鹠老仙呀

莎士比亚在《爱的徒劳》剧作里，让猫头鹰唱出“欢乐的歌声”。英国人认为吃了烧焦研成粉末的猫头鹰蛋，可矫正视力，视力可达一点五；用猫头鹰熬成的汤可治疗百日咳。西医还暗合了中医李时珍的理论。古希腊人把猫头鹰尊视为智慧的象征。日本将其称为福鸟，代表吉祥和幸福。人们可以用它来驱除邪恶。

世界各国鼠害仍然十分严重。猫头鹰是捕鼠能力最强的鸟类，一只猫头鹰每年可吃掉一千多只老鼠，为人类保护不少粮食，而这些猫头鹰保护住的数吨粮食又让人类大吃大喝掉了。换句话说，猫头鹰白白折腾一年，对粮食而言是“零存在”。

画猫头鹰要下笔利索。

挂猫头鹰者要有情调。

老师告诉我有一种小鸺鹠是世界上最小的猫头鹰，仅长十一厘米，属鸱鸮科鸺鹠属。真是好，可以装在袖筒里把玩。随时带着，开砒霜研讨会时，可以忽然出手，吓武大郎一跳。

画鹌鹑记

鹌鹑在国画里象征平安，祥和。

鹌，鹑。安，纯。谐音游戏。

八大山人的鹌鹑透出冷，冷静，像寺院里高僧饲养。那鹌鹑吃偈语吃木鱼声长大，对俗人翻白眼。齐白石的鹌鹑透出烟火暖意，吃世间谷子稻米，故，齐白石的鹌鹑看着近，有点像我姑姥爷家养的鹌鹑。

没有飞鸟穿行的童年不是完整的。

我最喜欢跟着姥姥到张堤村走亲戚，一个主要原因是村里有一位姑姥爷会玩鹌鹑。他设网，下套，驯鸟，日常状态是扛枪，挎鹌鹑布袋，或者穿行集会大谈鹌鹑经。姑姥爷不喜欢春种秋收，不喜欢晴耕雨读，就喜欢玩鹌鹑。他活到现在肯定是民间艺术家，能上央视春晚把一下鹌鹑，但那时常被我姑姥娘轻视，小看。

在北中原农村有句谚语说某某人是“玩鹌鹑的”，多半内含贬义，语意指其不务正业，近似“流光锤”。我姥姥看我邋遢时，会说我腰里鼓囊得像吊一个鹌鹑布袋。

乡谚自有道理，王世襄只能算亿里挑一。你见过总统玩鹌鹑吗？你见过省长玩鹌鹑吗？你见过市长玩鹌鹑吗？你见过滑县县长开会玩鹌鹑吗？没有，“寻常人”都不玩鹌鹑。我也不玩鹌鹑，只画鹌鹑。平面鹌鹑和立体鹌鹑有本质区别，尽管画鹌鹑仍有被划入玩物丧志范畴的嫌疑。

说某某像鹌鹑一样好斗，是说性情。鹌鹑比麻雀还急躁，个个都是急脾气，见面时双方二话不说，吭哧一声就是一嘴鸟毛。国人们在特定时期都带有鹌鹑脾气。

“鹑之奔奔”，是最早写鹌鹑的一句诗，来自《诗经·鄘风》。鄘风起自北中原，有我老家滑县一部分，如划分诗派，我可以列入“鄘风诗派”，我小时候说的河南话都带有鄘风腔。这首“鹌鹑诗”的中心思想是女子埋怨男人，属于怨妇情绪。故，不宜把《诗经》里这一只鹌鹑透露给现代知识女性，免得个别人尊古为新，借题发挥。

世上的好鹌鹑都是把玩出来的，如装在袋里的玩偶：要培养、调理、吓唬，加上亲和力。

鹌鹑头上有一丛乱毛，就属于“诗眼”。

我少年时代，在道口镇收藏家项芝敬大宅里，见到他收藏的一幅边景昭画的工笔条幅《鹌鹑图》，溪边几只鹌鹑在窃窃耳语，落款“陇西边景昭”。咋就一幅？我立马推断这是四条屏里的一条，属于春景，尚缺夏秋冬三幅。

他说是当年北中原斗地主闹土改年代弄到的。

记得我父亲说过，那个年代，滑县斗地主时民众会哄抢其家产。父亲当时是个乡村少年，跟着那些“革命大人”在一边看热闹。当时家穷，父亲对书本感兴趣，好学，却没钱买书，他只捡了一套别人踩在脚下不要的《词源》。后来父亲又传书于我。

我爸当年咋没有要一只鹌鹑？能买一套房子！

北中原的鹌鹑胆小。普通人家不会挂武英殿待诏边景昭的鹌鹑。我姥爷说“享不住”。

如今，拍卖会上没有一百万元买不到边景昭一只鹌鹑。从画册里我看到北京故宫收藏的边景昭《双鹤图》时心里默默慨叹：乖乖，不知这要值多少银子。我还一边认真推算过：边景昭的一只鹌鹑可以兑换我姑姥爷当年一满天鹌鹑。外加他那一条鹌鹑布袋。

画鹤记

我花八分钱买过一张虚谷的画（不用注释读者也知道是印刷品），《松鹤图》。在上小学时。

把那一只鹤粘贴在枕头墙上，我睡前观赏一阵，才去合眼。鹤是瘦的，缩着脖子，蜷着腿，单腿独立，冷冷地站在那里，下面一地菊花。窗外有风，夜里开始梦鹤。

虚谷让我知道什么才是好鸟。海派里他的鹤古雅，再看任伯年的鹤都是俗鹤，讨市场喜欢。让商人当成板鸭。

有年除夕前要上供“挂轴”，姥爷让我“画轴”，他来“誊轴”。“轴”是留香寨方言，读 zhú，就是家族的族谱牌位。质地分两种，布轴和纸轴。在姥爷的喝彩声中，我开始画轴，毕恭毕敬。收笔后兴致一来，又在家谱牌位空地前画了一只鹿。看还有空间，姥爷又鼓励，让我再添上一只鹤。皆祥禽瑞兽。那一只鹤如今飞到哪里了？它在时光里拐弯，它一直躲着我。

鹤是长寿的象征，乡村集会画摊上，最好卖的画就是“松鹤延年”，里面包含着世间凡人愿望。我遇一鸟类专家用知识来煞风景，他说鹤年龄最长的也只有二三十年。真实和虚幻，令我感慨。

村里有一位先生叫孙鹤鸣，字九皋。我姥爷说他的名字来自《诗经》：“鹤鸣于九皋，声闻于天。”姥爷喊他九皋。村小古风犹存。现在北中原皆无此风，人名叫“发旺”“国富”“进取”的多。

孙九皋还是画家，有一天下晌后兴之所至，放下拾粪箩头，在我家屋后墙上用白石灰画了一只老虎。青砖白虎，夜里放光。我开始摹虎，恰好又从村东头传到我家一个《芥子园画传》残本，里面有松鹤，我便开始画鹤。三十年后，专门坐绿皮火车穿越酷夏，到向海湿地鹤乡，这才见到真正的鹤。火车头一路咀嚼青草和白山黑水。

在苍茫寥落的湿地，传说里的丹顶鹤全部回归故乡，空余瑟瑟风声，只看到遗留下一只孤鹤。那位护鹤者说它受伤掉队了，养好伤未走。依恋还是坚守？属于鹤自己的秘密。我手里握了一掌玉米粒，它用长喙亲切地啄我的手心，像问候大安。

沙地。草原。一条云中鹤路像梦境编制。

我调色时对比，许多鹤在飞，虚谷的瘦鹤格调最高。画品幽玄，以后我看现实画坛里大部分属“厨子画”，特点是含油量大：手油、脑油和心油都有。

习惯上觉得鹤是经典中国鸟，后来才知道国际上把丹顶鹤的拉丁文学名意译作“日本鹤”。情感上障碍，这真是一团矛盾。

落款时我想，面对世间纷争，世界上只有鹤穿越国境线不会被雷达警告。有“被雷达警告过的鹤”吗？它没有草木以外的概念，过自己的日子，它宁静祥瑞，眼里只有一汪属于自己的山水。

它还拥有朱砂痣一样的丹顶红。

附一：

晚明文人资产阶级生活方式初考

他们在画“伪堕落”

晚明时代文人讲究雅致，追求悠闲情趣，米兰·昆德拉有“生命中不能承受之轻”句，晚明文人是“生命中不能承受之重”。我们某种方面迟钝，某种方面有所长进。上网下网，吃喝嫖赌，贪污受贿，他们玩雅，除坚持基本原则外，把玩“雅”。不是玩一种，是变着法玩雅而有趣不媚。

吃饱以后、剔牙之后何为？陈继儒作出简单小结：

> 焚香、试茶、洗砚、鼓琴、校书、候月、听雨、浇花、高卧、勘方、经行、负暄、垂钓、对画、漱泉、支杖、礼佛、尝酒、宴坐、翻经、看山、临帖、刻竹、喂鹤……

像村里药店的药屉，名目繁多，令人目不暇接，都算十足的资产阶级生活方式，放到运动时期必然被送去改造。当下弄这些也不算主旋律。现代闹得，社会的格调和速度决定人的生活格调与速度。我抄录权作纸上游，从意淫到字淫。

明末文人喜用“试”字，是浅尝辄止，带有一种短暂性，不是执着投入，是即兴为之、适可而止。一种行为摆弄完后再换另一种，永远保持兴趣的新鲜和身心适宜。后人当事业去做已非明末人的初衷。文人吴从先概括得好:“乘起兴之所适,无使神情太枯。”他点明工作理念。“枯”中加一“适”,胜似在水泥板上洒两滴水珠。

赏画。多为手卷,要一段一段打开,相当于今天看手机黄色短讯,不同是古人从右向左一帧帧翻看,我们今天是用手机从上往下,形式上今古方向不同。

焚香。是进入“禅艺一味”之境,自宋以来非主流作家多谙此道,以滋文兴。

负暄。说白了是“光着膀子晒太阳”。北中原老家乡党,农闲时多有此举,口语叫“晒暖儿”。阳光不放高利贷,阳光无息,借阳光是不用还债的。魏晋人在这种状态下加上解衣扪虱,负暄时多一道具,把玩滚瓜溜圆的虱子。

喂鹤。鹤没喂过,我喂过鸡和斑鸠(斑鸠是俗物,鹤雅致)。春播耩麦时,临河村一人在地里捡到一只误食农药的鹤,送给我一位朋友,朋友说叫蓑羽鹤,养几天赠我换画。一周后朋友沮丧地说,原以为养熟了,哪知一开笼,飞了!我无林和靖“梅妻鹤子”境界,仍一如既往继续喂俗物鸡与斑鸠。

候月。期待月升月落。现代经济增长率已把月亮遮住。遮住吴刚的斧,遮住嫦娥的口红。现代只能写诗句“我与月亮有个约会”。

听雨。勿想。城市里听机器声空调声车声,雾霾年代听硫酸雨。

其他还有临帖、校书、翻经、勘方等一系列举动,晚明作家华淑解释:“长夏草庐,随兴抽检,得古人佳言韵事,复随意摘录，适意而止，聊以伴我闲日，命曰《闲情》。”把玩的都是情趣。我总结晚明文人“四项基本标准”：

上品为雅而有趣。
中品为俗而有趣。
下品为雅而无趣。
次下则俗而无趣。

我心向往之，一件也不玩，无资力无情趣，对照一下能入下下品也好。

附二：

虚谷的态度

虚谷卖画不贪。

他自定限量，画疲倦了即投笔远游。接受订件后，会将润金和纸张并放一处。那时有钱人家提供上好佳纸。虚谷画完后方才动润金。以至于他去世之后，整理遗物，人们发现一批未完成的画件，旁边润金分文未动。这细节足见虚谷画格人品。

面对金钱，虚谷比我高尚，我画画必须把钱放在砚台前面，方出神品，尤其放置美元。

画鸭记

世间那些如雷贯耳的大师，给我感觉一直是永恒：他们人活百岁，万寿无疆。实相并非也，如王献之四十二岁就挂了，他若活到齐白石年纪，字更会广阔如草原。

王献之身体虚弱，服药成为常态，书法形式上记载共两次，白纸黑字（实际是绢）为证：一丸一汤，一丸是《鸭头丸帖》，一汤是《地黄汤帖》。

鸭头丸主治水肿，面赤烦渴，面目肢体悉肿，腹胀喘急，小便涩少。魏晋年代，王献之们日常流行服五石散，都落下后遗症，如当代一些“艺术家”流行吸大麻，我推测鸭头丸是治肾虚。我也肾虚，我只服过南阳的六味地黄丸。尚未斩过鸭子。

有古方记载，鸭头丸主药是甜葶苈、猪苓、汉防己，各三十克。每次服七十丸。要用木通汤送服。

木通我见过，清火利尿，通经催乳。我童年时学写大字，父亲在那一方铜墨盒子里放几片木通，用于蘸笔。

鸭头丸乃掺绿头鸭血而为丸，丸状大小如梧桐子，鸭血味咸性寒，补血解毒。药剂师若加羊血狗血驴血都不行，容易上火。

王献之一辈子写过许多和药方有关的手札，探讨生活质量，只有这一幅墨迹福大有幸，能传到后世。《鸭头丸帖》是王献之给友人的一封回信，从气息上可以推断蘸墨两次，一次一句，墨色分明：“鸭头丸故不佳，明当必集，当与君相见。”我推测王献之服药后效果不太理想。墨汁虽然饱浓，而小便依然涩少。

有学者考证说《鸭头丸帖》是后人伪托，假的，还一一讲出道理，我觉得也有道理，展开太复杂，但我画的这一只鸭子肯定是真的。

二十年前我在皖南旅次，江南细雨把一把伞隔在青山之外，到过黄宾虹故居。为了纪念，在一古玩摊子上特意买一张《中秋帖》拓片，十年后，又在另一地摊上买过一张《鸭头丸帖》的拓片。

一样的鸭头，不一样的结果。道口镇一位表弟开始在县城设摊位，专卖武汉“黑老婆酱鸭头”。在道口卖鸭需要自信和勇气，像作家独辟蹊径。在烧鸡之乡，能鸭名震鸡，专震道口烧鸡，鸭子说，不免有点反讽意味。

表弟卖鸭十年，结果挑明会气死我这教授。其得豪宅一座，豪车两辆，老婆两位。我临《鸭头丸帖》十年，越写越窘，线条流畅，小便涩少，手中只剩一张高仿印刷品。但也气不死。

它品相精致，连水浸虫蛀印痕都能表达出来，一米之外观望，宛如真迹。我能以鸭乱真，这是我该骄傲的一点长处。

我至今记得，天下最好的鸭头是青城山下那一家酱鸭头店。

我啃完鸭头、兔头，紧接着就上了青城山。

附：

书法家的线条与舅舅和外甥的关系

黑白线条的来回

书法亲缘个例用文字说起来复杂，列一个直线“书法走向表”看起来较明晰：

王羲之—王献之（羲之子）—羊欣（献之外甥）—四世孙王僧虔—七世孙智永—虞世南（智永弟子）—陆柬之（虞世南外甥）—陆彦远（陆柬之子）—张旭（陆彦远外甥）—颜真卿（张旭弟子）—怀素（应该是颜真卿学生）。

艺术网这样画出来，关系就好看多了，也明白。有点像我小时候柳条穿鱼，一条一条来。鲫鱼鲫鱼，鲤鱼鲤鱼，条条分明。我主要表述书法家的舅舅和外甥的关系。

诗文写作不属传承手艺，作家一般不世袭家传，没有秘方。书法家和他爹有关系，但关系也不太大，若离若合。线条上的游走大体如此。

有一次在洛阳采风（这是出产盗墓用洛阳铲之地），我和几个间接从事“地下工作”的人闲聊，一位道兄也是盗兄对我说：历史上盗墓者的组合有个规律，盗墓配合关系以外甥和舅为首选，两者属最佳搭档。

他说你喝一盅酒我再给你说。

他给我说出个中道理：父子盗墓有违道义，说教之窘，传出去名声不佳。和其他外人盗墓，收官时刻利欲熏心，一上一下关键时刻又不保险，算来算去，舅甥最适。彼此有亲情还有距离。

他讲的是独特行业里的独特从业搭配规律。接着，洛阳亲友如相问，我们没说壶只说酒。我也开始说舅。我和我舅只在乡村卖过杏、梨、花红、桃子，经营小本生意，属于农村经济作物范畴。我和我舅不盗墓。

我对比上面关系，除了父子，舅甥关系在书法界是个有趣现象。在文学领域不明显。

北中原有个歇后语，“正月剃头——死舅”。也和书法无关，专题另释。这一句话里没说书法黑白线条，只传达黑发和剃刀。书法是复合式的综合艺术，里面不仅有墨色和飞白，还有舅舅。

画鸡记

“宁做鸡头不当凤尾”，这是我父亲爱说的一句乡下谚语。因为重要，大年初一定为鸡日。

一段时间里，评论家王先生见面不评论我的诗，先向我要鸡。

时间一长，次数一多，觉得真欠了一只鸡。烧鸡不算，宴上相聚，见面如果手里没有折叠一只纸鸡，便觉酒也喝得不自然。

《孟子》一文有“王顾左右而言他”。这个“王”是他，“左右”是我，这个“他”就是鸡。

心情饱满，只是独欠一张佳纸。癸巳年底，皖南一人要高调送一张旧宣，合影拍照，有给纸厂做广告嫌疑，原来是让我写字，说纸是他父亲旧藏，这近似千里送鹅毛的佳话。

我低调，舍不得在古宣上写字，刀裁一半作为画纸，用其中半张开始设色造鸡。画鸡的纸宜竖不宜横，鸡要上下形状站立。表达鸡尾的层次非好纸不能出来。我一直怀念童年枕头上方一只出自陈大羽先生的印刷鸡，是我花一毛钱买的，陪伴我上完初中。

鸡成，落款是：“最喜画鸭，不善画鸡，先生点题，非要画鸡。”意思是一个画家要躲避颜色，扬长避短。画不好可以找理由开脱。留下大片空白。

面对纸上空谷，官渡草堂的孙公挥毫，在空白处题加上三国刘桢的《斗鸡诗》：

丹鸡被华采，双距如锋芒。
愿一扬炎威，会战此中唐。
利爪探玉除，瞋目含火光。
长翘惊风起，劲翮正敷张。
轻举奋勾喙，电击复还翔。

从书家法眼而论，孙公是作家里标准的书家，下临池苦功者无出其右。有了他的行草补白，一只鸡开始在纸上带风走动，啼声嘹亮。半张旧宣之上，虽说纸鸡的活动范围缩小一些，却能看到一只普通草鸡在逐渐成长，以后身“被华采”、瞋目含火。而当下需要斗士。

黑颜色看得时间长了会恍惚看成一种蓝。我记得小时候家里那只鸡的鸡尾就是黑的，黑得发着蓝亮。

我用文字表达不出来它的黑，颜色也表达不出来，它是一种“抒情黑”。画鸡也需要一种独创精神。许多人画鸡不是为了欣赏，多是属鸡或辟邪。关键处在于，那一笔是营造向上飞起来的鸡尾，如古诗里的“西北有高楼”。

附：

草鸡志

食客进饭店点荤菜，言必草鸡。大厨上菜，说，这是草鸡。

我小时候吃五十里外亲戚们捎来的道口烧鸡。鸡肉能扯出来细细的丝，像棉絮，再撕就飞起来，入口能含化。

这是我衡量乡村好鸡肉的标准之一。

如今饭店消费的大都是速生鸡，它们与时俱进，日夜进食，一月长成。鸡身上早已扯不出来细棉了，但能扯出来一条棉被子。

草鸡标准如下：

草鸡的爪上带着碎土和细霜。

草鸡的羽毛上沾着晚冬细草。

草鸡的身上沾满零乱的细声。

草鸡会歌颂鸭子。

一种吓傻成萎缩的状态，在北中原语系里，也说："看，这家伙草鸡了。"

画鲇鱼须记

鲇鱼有四条须：左右各二，二二得四。同陆地上的猫胡子一样，便于畅游平衡。

朱耷不计较鲇鱼须数，齐白石根根计较，少一根须都不行。一如画虾须，涉及大块银洋，一条一条就是一块一块。

没见过吴昌硕画鲇鱼及其他鱼须，他一生不长胡须，恰和张大千相反。是吴老面上无须之故就偏不画须？一位涉猎题材丰富的画家，不会像阿Q，不愿提光亮就不画灯吧？我是以小人之心度大师之腹，假设推测一下水墨的深度里有无胡须。

上帝造化。鲇鱼须是河流的绳子，是水的天线，是波的簪子，是浪的手柄，是露珠的耳环，是雨水的钢丝，是化学的纤维，是雷达之触角，是看见的光波，是探试水藻的秘器，等等。

鱼须还代为称笏，古代大夫上朝所用之笏，因饰以鲨鱼须而有此称。再嚣张的大臣也不敢携带一只鲨鱼去见皇帝，只能以鲨鱼须代表。

鲇鱼须材料质地不重要，它的意义在于以温柔来触动这个世界的信息，感触浩瀚的河流和江湖的故乡。消息传递过来，相当于我们看一张《参考消息》，评判贸易局势。

鲇鱼嘴角的须肯定不止四条，有两条，有六条，有八条。有一年春节团圆，酒喝到高兴时亲戚斗嘴，外甥抬杠说还有一百八十条须的鲇鱼，外甥媳妇说那不一身都是须啦，外甥女说就是须就是须。那年母亲还在。我从小捉到的北中原鲇鱼，须不多不少都是四条。那册残本《芥子园画传》的转弯处，也有鲇鱼须出现，正好也是四条。古时画家懂常识。

我少年时的梦想是上美术学院，没上成，只好自学，《芥子园画传》总结画鱼要诀为："画鱼，须得活泼，得其游泳像。见影如欲惊，喚喁意闲放。浮沉荇藻间，清流恣荡漾。悠然羡其乐，与人同意况。若不得其神，只徒肖其状。虽写溪涧中，不异砧俎上。"

画理太玄，加上我古文不好，常照自己主观意识来标点断句，那天照在纸上的阳光平如毯子，我的断句子为："画鱼须，得活泼……"

断句别开生面，一直参照了这个画法，鱼也要热闹，丰富那个海洋世界。

遗事补：

多年后都不会断句，认为断鱼如断句，意外效果会精彩过鱼须。

在北中原工作时，还有断句比我更精彩者，一副县长在全县计生委总结大会上发言时读稿：“目前，全县结扎的和尚，未结扎的共有……”

顿时，会上人都笑得肚疼。

附：

鱼眼上的白

读八大札记之一

从自己明白的那一天开始，八大要对全世界翻白眼。

在残山剩水里，他还怀存游丝一般的温情，懒得去翻白眼，他让鱼和鹌鹑和鸭子和乌鸦和八哥来翻白眼，让风中的荷花来翻白眼。这样的白眼有斤两。

哭之笑之，他不和朝廷合作。同时同行同室同宗的石涛同志，不免要出来应付一下，点一些世俗的墨点。八大决绝，他不点头只点素纸。

我喜欢八大，不全是因画，有一个别人不留意的戳记：他敢把自己的一个笔名起作“个驴”，牵驴出场，化俗为雅。不像当下某些作家，本拥俗名，翻身后改革后喝茶后起个雅名。作品好坏与名字无关，看看“张爱玲”仨字，俗到极致。作家起笔名是违背爹娘意愿，爹娘起的名字全是金科玉律。即使叫狗蛋你也不能改成雪莱。

我接触的古典画家里，最早一位就是八大。

好画家的作品是卖空不卖色，卖虚不卖实，八大的空旷和辽阔，都让拍卖师折成了钱。齐白石的水是空的，老人家明处卖虾，暗处在卖水，水价在虾格之上。

八大最值钱的是“空”，还有那些鱼们翻出来的“白”。

第三池 / 画草蔬

画艾记

兼说艾叶鱼和谷雨时令吃

到抱朴谷去是为了画艾。

那里有一条溪叫回龙湾，许多年前上下两个村落，上游条件物产丰厚，下游贫瘠欠缺一些，下游羡慕上游。下游村民商议要峰回路转，便从县城请来一位方士作法，要把上游的好风水占住，具体做法是找九位老道前去破风水，先把青龙拦腰断了。

方士交代村民，听到山道上马铃铛响就躲起来，没有声音就凿。

所谓一条青龙，就是一条十多丈的青石，横在溪涧。我好奇害死猫地去看时，果然上面九道深缝，缝隙间都有青苔，往上一坐，屁股有点凉。我随便一问，便引出来上面这一传说。石头象征性凿空九道，大概是九位老道的谶语。

路边见到一种奇草开着白花，曲曲弯弯爬上树，像树开的花，同行马导游说，这是“铁线莲”。回镇上，马导游拿册页趁机让我题字，我故作风雅写上急就句，“老道不知何处去，青龙依旧卧水中”。

一路山艾气息逐渐浓烈。

回来把传说里的一条青龙和九位老道都忘了，只记住约我来的老杜在宴席中上的一盘炸艾叶。食材是山里的野艾叶，上来一盘，马上吃光，再要第二盘。绿艾叶用白盘子衬托显得很好看。我是第一次吃炸野艾叶，我的标准是：一次旅途能记住一道味就算不虚此行。譬如有一年到濮阳老城，一路下来，只记住一味卤羊头。

一直想着酸菜是可以酿造口水的，像曹操的梅子。我开始惦记炸艾叶，也要带回家作一尝试。山里厨师交代，取材时只掐艾枝上面的新芽，下面的老叶不用。炸前，一定在清水里浸泡一夜，去掉浓烈苦味。在旅途山路上，我开始留意两旁艾叶。

山上的艾叶清瘦，远没有平原上的艾叶肥大，气味充足。它们才是一身艾的气息，风来，几乎能代表艾的方向。老杜说，近年社会艾灸需要艾量大，山下人工种艾一年都割四茬，早没药力了。这山里的艾只在端午节这一天割一茬，故香气浓烈。为了增加说服力，他说当年神农尝百草就是尝的这里的艾。

艾叶还可蒸馒头，揉艾叶丸子，做艾叶鸡蛋汤，最好吃的方式是这种油炸，缺点是费油。和炸“荆芥鱼”“香椿鱼”一样，细致一点可叫“艾叶鱼”。

回到家里，让太太炸了一盘艾叶，特意盛在一面白盘子里。上桌后孩子们觉得苦，不吃。

我夹一片，吃得新鲜，再细细品，却没有山里那一盘炸艾叶气韵生动。那是抱朴谷的艾叶。

我说炸得不太好吃，完全没山里的艾味地道。太太有大于艾叶的强烈情绪，说，比起上一段封城俩月时在单位干啃方便面强多啦，将就吃吧。

画白菜记

孙荪先生七十一岁古稀华诞，这天恰是农历癸巳腊八。少林寺在全市设点放腊八粥，要恢复古风。

我接到通知时正在从京城返郑途中，高铁速度快于手机里的声音。

孙公发短信说：“为避免大家只是吃喝一通，明天之会你可作画一幅，或以马为题，或萝卜白菜，或你以为佳而适者，何弘、新朝、你先题字其上，再多留空白，以备周公等有兴致者一挥，此可成一佳话趣事，亦作永久之纪念也。”

孙先生有古风，要促成一次“雅集”。我回郑裁接了一幅两丈四尺的宣纸长卷。

马年画马最是得体，四蹄生风，但题材太流行。画菜蔬更接近逸气。便画一棵白菜两颗萝卜，题款“胸中甲天下，通身蔬笋气，得白石意也”。

中国画家里最早画菘的是徐渭。一棵墨白菜四百多年里不枯。齐白石后来累计画白菜最多，以笔种菜，一辈子画有好几车。菜状拙朴，属于乡村笨白菜。齐先生最知米贵，那一年冬天玩了一次行为艺术，携一张纸白菜出门换小贩一车白菜。小贩对人说：老头耍巧，要不是看他年纪大，自己真想揍人。

后传此事时嘲笑小贩不识货，错失良机。从生活立场论，我认为菜贩对，寒风里有嗷嗷待哺的娃，要养家糊口，裁衣买米。一棵纸白菜能吃吗？纸白菜能炖猪肉粉条吗？所谓艺术，都是多年以外艺术家身后之事，与作者早已无关。凡·高的弟弟知道哥哥当年的土豆。

二合馆里，纸白菜长卷在延伸。题款者有何弘、马新朝等名士。每人写上一段话。没印章者，我让盖五个手印，成梅花状。最后周俊杰先生微醺出场，题笔“使我成名皆为酒，舍君无处可论书”，情谊占了大半长卷，把一棵白菜逼到田埂之外，反客为主。

一周后，一位收藏家王先生找我，出十万元收这幅长卷。我心怯，问值那么多吗？

收藏家说：里面仅凭周先生的字就值。收藏有短期和长期两种。文化事件本身有意思。由评论家、作家、诗人、书法家共同合作一幅长卷，又逢祝孙公古稀之寿，时间撮合难得，巧合不可复制，独此一件。

我有点贪财，可惜那长卷已不在我手里，孙先生散筵后远离闹市，住在五十里开外的“官渡草堂”。找到恐怕也不会出手。富贵闲人，他不差钱。

我说，要不给你再画一棵四尺长的大白菜？

王收藏家说，再画一张，就不值这个价啦。

附：

熬制菘的汤

白菜原味其他菜蔬代替不了。

菜市场成捆的大白菜多，文坛上成捆的大白菜散文家则少。写散文兑料容易，只要多加十三香和词典即可。清汤要耐心，不好熬制。

豫菜协会会长美食家李大师对我道过：“戏子的腔，厨子的汤。”秘诀在于吊汤，得出结论：清汤不好熬，大白菜散文不好写。

古代中原文化领袖李耳说：“五色令人目盲，五音令人耳聋，五味令人口爽。”后来《淮南子》也跟着说：“五味乱口，使口爽伤。”讲相同道理。都不主张加日本料理。

但说归说，大家照样喜欢五色迷乱，喜欢眼瞎，喜欢耳聋，喜欢露脐。拼死吃河豚，偏不去喝汤。

面对窘况困境，需要支锅熬汤。散文家必须去熬汤，大白菜追随者要熬汤。世界不喝，要留一碗给自己喝。

画菠菜记

菠菜不是苇荡和森林，不能靠气势。一棵菠菜宜入画，一把菠菜宜下锅。

菠菜在宋以前已传中国，推测苏东坡除了凉拌黄瓜，也吃过凉调菠菜。即使他不吃菠菜也不算错误，我能找到菠菜的影子，苏东坡一诗："北方苦寒今未已，雪底波棱如铁甲。岂知吾蜀富冬蔬，霜叶露芽寒更茁。"植物专家告诉我诗中"波棱"就是菠菜。不会得关节炎的菠菜正在四川盆地抵抗寒冷，四川人民群众早已大面积种植菠菜，养生糊口。

在私家饮食标准里，天下食材数我姥爷在北地里种的菠菜最好吃。二十多年前，故乡的菠菜高达五厘米，它们在寒风里一直保持低调。

我写过一道家常菜"凉调菠菜"，计有细粉、红萝卜丝、芥末、菠菜，出场时用青花盘子盛，显得"重（虫音）色"，要用白盘子盛得体般配。

菠菜数贴着地皮生长的那种口感上最好，饱吸元气。"低调菠菜”是经过霜消了火气的。新农村塑料大棚里的菠菜吃了春药一般，大都蓬勃向上喊着口号，一派空虚。

植物颜色里，菠菜绿色最有世俗感，专称“菠菜绿”，上学时数学老师骂我们“一肚子青菜屎”大概如是。

菠菜绿似乡愁的颜色。每到节日，姥爷祭祖时摆上三个盘子，有一道菜就是焯水后的菠菜。其他盘子也多用菠菜垫底，上面放上油馍或肉方。菠菜在村里一直是祭祖菜，年年如此。难道列祖列宗也喜欢吃菠菜，初心不忘，在天堂讨论着人间菠菜？

现在青年人解释“秋波”一词是“秋天里的菠菜”的缩写。

菠菜产量高时，吃不完怕烂掉，姥姥就用于蒸菜馍，专业灶语叫“搋”。搋菜馍的原料主要是菠菜，在杂面里掺上白面，结合一块。“搋”是一枚古词，贝币一般，随着今日机器蒸馍，已不使用。

全国专业画菠菜者少，全省专业画菠菜者又少，专画菠菜会饿死。和现实一样，它是一种廉价菜，我姥爷到集市上卖菜，一字排开，几种菜里数菠菜卖不上价。中药店老板说一棵长白山人工参的价格大于三亩菠菜，要是野生人参连菠菜主人都能买下。

我用挤出的菠菜汁画过菠菜叶，原汁原味。我给古玩城的画商画过一幅《菠菜图》，他们都不喜欢，说寒酸，卖不上价格，也没耐心。他们说：“冯老师，您能不能在边上再添一颗胭脂红大寿桃？”

画土豆记

菜蔬里最难画的不是菠菜白菜辣椒，不是西瓜茄子，不是凉拌西红柿，而是土豆。土豆不像高仓健，没有线条棱角，它朴质平易，有一种不易表达出的“土豆表情”。

我居住的长垣是中国三大厨师之乡（其他两个为蓝田、顺德），烹饪师考试时，拿手的一项不是设满汉全席，是切土豆丝，刀起刀落，细如青发，最见案头功夫。

齐白石徐悲鸿没有画过土豆，都是迎着虾米和骏马而上，画笔绕过土豆。没见谁家大厅挂一中堂土豆，倒是有作家画过土豆。

1959 年汪曾祺以右派身份被下放到张家口劳动改造，表现好，有美术才能，被派到马铃薯研究站画画。他画叶子，画花，最后画马铃薯茎块，先画一个完整的，再切开画一个剖面。都画完后，马铃薯没用了，扔了可惜，他便随手埋进牛粪火里，烤后吃掉。汪曾祺自夸：“我敢说，像我一样吃过那么多品种的马铃薯的，全国盖无第二人。”

最后，他的创作成果是画成了一本《中国马铃薯图谱》，这部作品在“文化大革命”中丢了，不然将是他全集里最独特的一部，像沈从文最后一部书竟是《中国历代服饰研究》。荒唐年代里有趣的学问都在夹缝里生长。

土豆明朝才登陆中国，谁说唐太宗吃过正宗西安土豆粉，你可说他是吹牛，像河南人一样属于“喷空儿”。

我爸说山药蛋就是土豆。我学写作时看“山药蛋派”赵树理的作品，白描得真是好。俗手写不出那种山药蛋味道。我种过姜，种过红薯。母亲说过土豆发芽会嘴麻不能吃，有毒，扔了可惜，让我种下。

在听荷草堂，有一年种过五只土豆，开了白花，是最家常世俗的模样，土豆花是有烟火气息的花。土豆花没有香味，不招蜂引蝶。

冬天来临前院里落满素霜，我忘了收获土豆，任它埋在地下冬眠。瞌睡的土豆会醒来，哪知第二年不曾沤烂，土豆们一一打个哈欠，又发出新芽，模仿着去年一样的白花。

壬辰晚秋的一天，诗人邓万鹏认真地对我说，老弟，请看在多年友情上，给我画一幅画，我要张挂。

我问：

是画荷还是画梅？都不是。

要画《雄鹰展翅九万里图》？非也。

要画《关老爷夜读春秋图》？亦非也。

莫非要我画《贵妃出浴图》？

统统不是。

他嘱咐我画一幅土豆，还要落款“梨树的土豆”。

这把我难住了。我是第一次为一位诗人画土豆，诗人是吉林省梨树人，他离开家乡来中原近三十年，有乡愁乡恋。他说年轻时梨树县人民就叫他“大土豆”。

画荷记

这篇《画荷记》叫《画何记》也行，是“说何”，与何南丁先生有关。

南丁是中原文坛历史风雨的见证人，有一部《南丁与文学豫军》的专著，描述得详细。

2012 年夏天，在太行山里采风，登山途中，见停一辆闲置的手扶拖拉机，车斗空空荡荡，装满山风。

大家推荐让何老师驾驶开车。他健步上去。一车装满二十多头红男绿女。好在那辆拖拉机本来熄火，作行走状。摄影家拍照后说，在太行山上端飞起来，近似哈利·波特胯下那一把扫帚。

诗会结束两年，我还留存着那张乡村手扶拖拉机的照片：拖拉机和诗人，青山苍翠。山风里南丁先生精神矍铄，驾着一辆装满高低不齐诗人的手扶拖拉机。

一车诗歌，一车粮食，用立方来量。一张照片几乎是一个象征。

我觉得何先生和诗人最有缘分，诗歌学会每有活动他必参加，登山时他多次拒绝我的搀扶。讲话出妙语，生智慧言。后来知道他和大家玩这么多年，身份非法，大家笑后赶紧补为顾问。可顾而兼问，可顾而不问，可问而不顾，可不顾不问，一块儿玩就好。

他二十来岁步入中原文坛，文风诗雨半个多世纪，他说自己是一位“80后”。

诗人马新朝开玩笑：何老，您得活着，为中原文坛活着，有您坐在那里，我们再老都是青年作家。

在洛阳龙门，香港诗人傅天虹问他：你有冯杰的画没有？没有抓紧要。

他听后只是笑。傅先生不知道何先生是我老师。

2014年，先生家里需要一张画，他忽然点名让我画。我想想画了一幅《何者为荷》。四尺对开，栽种一纸荷塘。是我那年画中落款最多的一张荷花：

“南丁先生为中原文耋，诸多受其文泽。甲午秋，张颖言宅壁缺一大画，问我能作否？我强称：何老家需多大画我就能画多大。何公闻后应曰：作者应遵循习惯规律，不可强制，冯杰只善画小品耳，不会画大。吾叹何老深知艺法也，故敢舒笔入纸，贻笑大方。奉南丁张颖华堂补壁。”

题目《何者为荷》属于原创，本意有两种解释：

一、问：何者为荷？

二、答：何者，为荷！

补记：

2016 年冬天，马新朝先生去世了，两个月之后，南丁先生去世了。

南丁先生做到了不举行遗体告别，不开追悼会，骨灰撒在大海里。媒体约我写一篇纪念文章，我说，就用这一枝荷花吧，作为对先生的纪念，恍惚一直在开。

他们都走了，没有墙了，我们也不再是“青年作家”了。

附：

荷花腼腆

对荷花有恭敬之心，便不敢乱涂。荷花一枝一枝认真在开，笔下得一枝一枝认真去画。水墨河流上下游都有传承。

有一幅荷花，落款叫《素面》。繁简相通，花意饱满。天下竟有这样的素面？像一枝观音站在那里。

有一幅荷花，叫《雨后苍茫》。

有一幅荷花，叫《画说西游记》。

荷花典雅，连画十八枝都不面目雷同，偶尔出一张寻常荷花，想原料出新一点，如加入碱面、花椒粉、陈醋、酱油、豆蔻、八角，甚至陈酿酩馏。想当年闯荡京都的齐大爷，也不敢如此纸上胡作非为，不然在皇城根儿会站不住脚。

某日，在京城下榻酒店，子夜时分竟不打折。躺在床上心有挂碍，琢磨那句“时间就是金钱”的名言，我后半夜入住，但哲人可没说前半夜也是金钱。这句谁说的？鲁迅？马克思？富兰克林？邓小平？到天亮也没确定。

翌日辞店，看到卫生间摆着洗发液沐浴露，发了奇想，拿走作画画调料，我有咖啡画菖蒲的经验。喜欢以色构筑误读。

在纸上打底，用适量清水调和洗发液，一管狼毫敲击镇尺，点点滴滴。宣纸晾干作第二道工序，然后第三道，纸面升起烟雨苍茫，一枝荷花如舟子梦里飘摇。

我题款“远游无处不销魂”。一方家说，这哪能概括了荷花？诗是说一位游子或一匹毛驴。

我说这是为了表达旧事。纸和花都像镀铜一样。

画丹竹记

苏东坡最早用朱砂画红竹子，挂出来展示，有人指责他，苏老，你画的颜色根本不对，哪有红竹子？应该用墨。苏东坡反问：你见过世上有黑竹子吗？

我一直没找到这则趣闻的原始出处。竹子又不会说话。不过我认为世间会有这一则公案。苏东坡喜欢斗嘴，斗有意思的嘴。

2014 年夏天，诗人余光中夫妇作中原游，首站来东京开封，相见时我送他一株朱砂画的红竹，他很喜欢。余先生清瘦，立在此时现代的东京街头，像一棵丹竹。

路上，他问我："我向宴席上陪同的官员问到河南的周梦蝶，他们为何竟无一个人知道？"他觉得这现象奇怪。我不愿意去掩盖中原官员的现代文学常识，我对余先生说，这再正常不过。

在诗坛里，周梦蝶也是一棵瘦竹，是墨竹。他身后飘满竹叶。

当代诗坛上还有谁更像竹子呢？一时想不起来，坛内坛外，起码我不是。想起散文家周同宾几年前对我说，当诗人不能胖，一胖就不像诗人了，你要减肥，再胖就不配写诗了。

瘦可入诗，胖可从文。周先生让我找到写散文的缘由。

想当诗人得去修竹，先减肥。诗人的意象都在寒风里斜斜行走，一棵竹子在行走，三棵竹子在行走，五棵竹子在行走，有这样的竹阵，便有了文学史或诗史。

中国画竹史上，金农画的是笨竹子，郑板桥画的是聪明竹子。我更喜欢那一棵笨竹子。

我画竹一年大概要用半斤朱砂。其中四两是尝试，是颜色流逝。

三十年里，我画过许多株红竹子，它们饱吸朱砂，枝叶通红。朱砂的根须长在宣纸上，纸背泻丹，几近冬天烧炕。前天，有一位号称“全县第一”的美女看到我画一张红竹子，砍价要订，微信里问，你为啥把竹子画成红色的还命名红竹子？

我像吃了一两朱砂，一时没有禅的机锋，也没有苏东坡的才情，只好老实说：因为我是用红颜色画的，只有叫了红竹子。

对方有点失望，说：我还以为有啥深刻含义呢。

主客双方不是一棵竹子又不是一位苏东坡，不好深入分析一棵竹子的结构。

你能否给我画一棵绿竹子？我出费用高点。

我说：你只要出钱，我还会画一棵气体的竹子。

附：

画竹叶之秘诀

我见到画家肖道盛先生是在十年前，他从杭州来北中原作艺术采风（社会上竟然另外叫走穴）。他说一辈子专画竹，无人可比，在画坛上有“江南第一竹”之誉。你们滑县县委大厅里就挂我的竹子。还有某某书记，还有某某书记。

我问当代谁画竹最好？他说董寿平的竹子像干柴棒。

老肖一边说一边为我展示一枚田黄印章。我看四字篆字是“文同在世”。

我问：画坛在哪里？

他说：这还用问？在社会上大家的认可里嘛，物价局又不会定价。

他紧着问我，你想学画竹否？

我说可想啦。我姥爷讲过故事，说关云长还是画家，都会画竹。

他问我画竹子目的为何？像是老师的口气。

我本想说是学习关老爷，为抒发豪气清气逸气，出口时我说了实话，我说想画竹卖钱。

他略一停顿，笑了，看你目的还怪实在哩。马上案头铺纸，教我画竹秘诀。

他说画竹关键不是竹竿而是竹叶。挥笔时一定要竹叶往下走，要把一张纸来回颠倒着操作，画竹叶子笔锋朝着自己的睾丸处来。就这样。带风。

我说，你这不是“朝蛋竹”吗?

我说话喜欢一言以蔽之，为此得罪了不少人。

他说你先学会这一招，我还有另一个画竹秘诀再教你。

滑县归来，以后我开始这样画下去。有一段时间里画商催促得紧，画竹频繁，裆部撒满朱砂色。上下公交车时有人用奇怪的眼神看我。

三年后在中原甲骨文大赛笔会上又与肖老师相见，宴会上敬他酒时，我问，肖老师对女弟子传授吗?

我为逗乐的随意话语常被人沉淀下来发酵出气。如说断袖，说分桃，说解惑。他以后不再教我画竹。私下听他对人放言：才画两天竹子，竟要越师啦!

画柿记

一个画家在酩酊大醉状态下才会用蓝颜色画蓝柿子。我没喝酒有一次也画过一颗蓝柿子。

蓝柿子一直没人硬画。画蓝柿子需要蓝色的画胆。

画家荷翁叼着烟斗，眯着眼把图看了，对我说：蓝柿子就是烂柿子，我都不画。毕加索画过蓝柿子吗？没有。大家都画红柿子，图个吉利。

他说，中南海的京城画家们都不画蓝柿子。

想想也是，我初学画时描摹齐白石的“四世同堂”。它们依次是青柿子、红柿子、黄柿子、墨柿子，齐白石不画蓝柿子。“称世（柿）”不能只好“画柿”，借其谐音也。五世分甘，三世太平，事事如意，这些都可称上好柿子。

太行山里有一种小火罐柿子，汁液透亮，晚秋时节，吸溜一声，立马成空壳子了。我曾抄着手，连着试吸了六枚。空旷得很。

甲午初夏，沈秋雄先生自台北寄来一包快件，打开时过程慢如侦探。里面像俄罗斯套娃一般，大信封套着小信封，最后一封里装一方折叠扇面，徐徐展开，扇面是画家李猷二十年前癸酉年写的诗。李猷是江苏常熟人，台湾已故著名书画家。我先以为是赠送。待读了几帧古色古香的信札后，方明白是沈先生让我为另一扇面补图。

沈先生是台湾收藏家，是画家江兆申的入门弟子。

另一信封里，沈先生赠我三帧二百年前的高丽纸。他说：这是早年在韩国首尔仁寺洞古董店置得的，一直珍藏着。我一一展开，似有高丽旧日风云掉落。

我没有到过高丽，最近的事是到集安访高句丽遗址好太王碑。在中朝边境，旅次的金顺姬小姐热情，说在对岸有亲戚，有一年还和妈妈去送过米。

细雨慢慢来临，织梦一样，并坐高句丽旧日石头，眺望鸭绿江畔，江雾迷蒙迷离，静静细数那岸炊烟升起。旅程涂上立体的江水。多年后她竟南辕北辙地从云南送我一包特制的古法营造的土纸。我用素纸，画两只红柿子端坐，无处可寄。

一张高丽纸能折叠多少旧事？二百年前，朝鲜人出使中国只是游山观水吟诗作赋。他们回国经鸭绿江畔时甚至要洗眼濯耳，嘴里念着“如今尽观清夷之劣俗”。崇祯上吊之后朝鲜认为华夏已绝，以小中华自居。高丽纸一直是一片素色。

我花三天时间，青石覆纸，将扇面压平舒展，在上面画四颗红柿子，“柿毕”也就“事毕”，顺手多加一颗七星瓢虫。几年后，沈先生来信，说扇子上的柿子好。

一次和诗人下太行山，路上我还增加了一个常识：有一把好胡子的人千万不能去吸溜熟柿子。就像蟋蟀不能常在蟋蟀草旁边鸣唱一样。

画瓜记

孙公今年在黄河滩上首次种瓜，种了几亩地的西瓜，一片碧绿。瓜熟后一颗不售，自产自吃，或送亲戚朋友吃。

凡是盛夏到官渡草堂里的客人都携带清凉口福。孙先生先抱上一个碧绿的西瓜，让大家先吃瓜消暑。他亲自操刀，声夺青翠。他种的瓜在朋友间偶尔流传出来几颗，击掌赏瓜。有人尝到后非要驱车前来买瓜。我打趣说孙公卖文不卖瓜。这瓜目前号称“中原第一瓜”。

吃瓜、谈艺、写字、裁纸、盖印，在雾霾弥漫的今年，能有惬意和诗意，几乎已是一件奢侈之事。

西瓜全部上有机肥，不施一点化肥。这是长好瓜的基础。

沙瓤的特点是下刀切不成形，闪出沙粒状，瓜皮清脆，俗称青州皮，这种瓜皮可生吃，可调吃。我童年时曾经历过，在北中原留香寨乡村吃过这种西瓜。想到童年时某次偷瓜得手，某次失手，某次偷到生瓜蛋不能食用。吃瓜时吃得外面飞鸟乱翅有点恍惚。

孙先生延伸说：中国农村自从种瓜上化肥以来，西瓜才发生变化。现在中年的瓜农为了生计，为了收入，要追求高产，不得不上化肥。有的加催熟剂，现代化快速来临为农业带来致命的危害。

同来的民俗家孟宪明说，他只在老家亲戚的棉花茬地里吃过这种瓜。

我听他说到“棉花茬地”一词，知道说的是农作物倒茬种植原理。

三人吃了一个西瓜，嫌吃得不过瘾，走时在车上又装了一大袋。一路西瓜晃荡。我得出道理：本土西瓜喜欢慢，反对速度。

画家画西瓜时，不好处理的是瓜子的疏密度。瓜瓤上最好要加上一只蚊子，蚊子嗜甜，嗜耳语，它热爱人间的好西瓜。我看过陈其宽先生画的一幅西瓜蚊子图，题款《渴》。禅意盎然。不知蚊渴？西瓜渴？还是颜色渴？

那天我们吃瓜时也有蚊子，像诗人一样梦想携带西瓜飞翔。孙先生端着盘子里的几片厚瓜皮外出喂鸟，在远离闹市的日子里，他除了日常写字，还伺候院里三个活宝：桂花树下挂着两只鹩哥，一只八哥。

评论家一般的八哥通灵，会讲普通话。鹩哥来时会说一句卖鸟者统一定制好的吉利话：“老板发财！”

我走时教了它一句河南话：“吃罢冇？”

附一：

西瓜里的水声

如果让西瓜再后退四十年，家里在夏天吃西瓜，我姥爷会使用那一口“天然冰箱”。

村里的西瓜成熟时，好瓜多是卖给别人吃，自家舍不得吃，赶集时姥爷买一个小西瓜。回家把西瓜装在荆篮里，用一条井绳续到村中那口井里，绳头系在井边的树上。

井壁砖缝里流出一层青苔，我看到井里的蓝天，一不小心动了一下井绳，看到翠绿的瓜皮碰着青苔。

终于来了客人，姥爷才拉出来那个西瓜。挥刀，切破凉气。在木板上，但见那西瓜一打战，咔嚓叫一声，像是也带有水声。

等到了三伏天，井口那棵树上多系了好几条井绳。孩子们都能分清楚。

队长在喇叭里吆喝道：全村吃水困难，吊瓜行为严重地影响了水桶打水。

附二：

南瓜精神

“笨瓜”是骂人话，在北中原，南瓜常被树为笨瓜的典型。

我画过许多南瓜。有一天心血来潮，想到旧日老家南瓜，想到我姥爷说过的话题：南瓜皮实，不讲生存条件，荒地、路边、草地、坟地都可以生长，施不施肥料一样活着，不怕碎砖破瓦，还不挑剔，不点播种子它也会冒摸长出来。

姥爷说的“冒摸”一词就是突然的意思。

村里所种本土南瓜长相大多不好看，形状不规则，是大小不一、长短不齐那种，有的甚至叫“狗伸腰”南瓜，可见其貌之丑，不像齐白石笔下的南瓜入画。南方南瓜像灯笼饱满。点上颜色便能照亮宣纸。

我在画南瓜时想到了上纲上线，南瓜果然有典型的意思。南瓜风范不像苹果、桃子、柿子，多在高处显眼；不像葫芦、西红柿、辣椒、茄子之类，它们都是一边生长一边鲜艳自己，尤其菜园路边的瓜果，掩盖不住喜悦，分明要全村人都知道自己的好颜色，如元帅要炫耀勋章一般。

南瓜不需要牵引和地球吸引力，大多在地上默默爬行，默默开花，默默结果，藤蔓有时要长达一丈多。有时冬天叶蔓干枯后才发现南瓜在雪地里蹲着。更多是秋天割草时，那些孩子才无意撞见了，便惊叫一声：“咋长出来这么大的南瓜！”

没被发现的南瓜也很多，它们不叫喊，只有默默腐烂，留下种子明年继续发芽。

南瓜有“不争论”“不说话”的风度，像佛经里的那一种“不辩解”，还像是在注释孔子“君子欲讷于言而敏于行”这一句。有点牵强了，竟扯到儒道释。俗了。

有一年我在学校讲创作，近似“文学传销”。讲到北中原故里的系列瓜果，从西瓜说到南瓜，一高兴，说得口滑，竟自作聪明总结了一句“南瓜精神”。

一个孩子在下面反驳，“老师说过，世上只有雷锋精神，根本没有南瓜精神”。

画枇杷记

小满前，东山白玉枇杷熟时，晓青从江南快递来一盒枇杷。枇杷如今精致化，不再论斤论盒论颗了，装在盒子里像老凤祥店卖金戒指。记得那一年在小巷深处，同分一枚时令饼子。恰好有卖枇杷者走过，老者吆喝一声，枇杷筐上面，还有闲心放一片枇杷叶子。

如今，枇杷现代化，不再是“万里桥边女校书，枇杷花里闭门居”，也不再“细雨茸茸湿楝花，南风树树熟枇杷”，枇杷一点不须古典无须怀旧。转眼之间，换成星期一的“快递到了，请先生下楼签单”。

四横五纵，一盒枇杷二十颗，装在一方精致的泡沫塑料盒里，用于防止枇杷脑震荡。现代化生活速度快，一千公里在一天时间里消化掉，从子时到亥时，枇杷可以从树上走下来，确切说是被人为劫持下来走到现代人口中。枇杷喊快，枇杷喊冤。

东山枇杷名字很多，晓青告诉我，枇杷品系分白沙、红沙两大类。品种有照种、青种、水白种、早黄白沙、荸荠种、灰种、红毛照、大种、鸡蛋白细种、红毛白沙、和尚头、铜皮、土种白沙、鹰爪白、鸡蛋红、圆种红沙、牛奶种、铜鼓种、凉扇、撬叶白、朝天种、鸭蛋种、糖罐头等。单听名字像农民起义军革命首领聚会，像金田起义。

东山枇杷有“金银蜜罐”之称。白玉枇杷最有名，肉厚汁多透明，一碰就破皮了。东山白玉枇杷除了价贵没有其他毛病。

前几天有画商让画两张枇杷斗方，欲题岑参的诗句“满寺枇杷冬著花，老僧相见具袈裟”。一犹豫，心里没底，这是岑参吗？不像是大漠风沙里岑参的句子，倒像胡兰成在江南抄袭皇甫松。

平时使用的安徽宣纸每一刀外面，都包裹有一张皮纸，形象粗糙。案头恰好留存一张，还印着宣纸厂检验科圆章，像一颗大枇杷。我在上面画一幅《当代枇杷快递图》，一洞住一枇杷，十洞十枇杷，安置上一纸枇杷。

这是东山白玉枇杷，像那年见你摘枇杷时腕上戴的玉镯的颜色，被叶子忽然遮住。

画蒲记

在民间环保协会参与环保那两年，知道在评估环保标准里，有一个朴素的“蒲草标准”：水中如有蒲丛生长，证明此地环保质量过关。香蒲和鹭鸶都是水质的天然监督员，可信程度高过拿国家工资的环保局局长。鹭和蒲还不需要供给。鸟和植物心有灵犀。

我腕下画出的香蒲别于古人案头香蒲，不是画技好，是材质独特。

我画蒲草不带清气，咖啡味道，用美国正宗雀巢咖啡来画中国蒲。不设他色，一步到位。材质是咖啡调和熟普洱茶汤。

咖啡在宣纸上交融那一刻，静处生变，“咖啡因”也是“咖啡洇”——会随着自然洇散，迷幻，提神，似满天的雀巢，配合着膨胀熟透的香蒲花要炸裂升空。常用的赭石色不能如此表达，赭石色的渗透力显弱。

纸张要用存放五年以上的白宣。

在北中原湿地，香蒲茂盛，多种用途，但主要编制蒲团和蒲包。历史上的蒲团供真和尚打坐，现实里的蒲团供假和尚使用。乡村编就的蒲包，带着草气，专供豆腐坊里生长豆芽，现在爱马仕包包再名贵，长豆芽时不能使用。蒲根可入药，最高处的蒲穗棒可治疗外伤，在河滩割草时我们划破了手指，敷上它止血，疗效近似云南白药。

我童年过冬铺的草褥子和它有关，草褥子下就是蒲叶编织的蒲席——暄松，厚实，散发着清逸之气。它的温暖程度如一篇带有感情的课文。在冬天马厩，马匹身上也常常遮盖蒲草褥子，用于午夜御寒。

香蒲和菖蒲，本是两种草，药方上说，菖蒲功能治疗心神不宁，可开窍，菖蒲配上远志、龟板，治健忘症。我画蒲棒槌为蒲草的标识，远看极为醒目，在潜意识里，画菖蒲也是为了治疗健忘。怕遗忘掉草木形状，遗忘掉草木讲的方言。我读到马一浮的诗："已识乾坤大，犹怜草木青。长空送鸟印，留幻与人灵。"便抄下来作我画植物的标准。

画蒲后用曙红色添一粒瓢虫，会意外出彩，意境算是活泛了，理论上近似画龙点睛，近似画人点阿堵，近似画美人点那么一滴乳红。纸上飞逝的蒲花可是那年见到的一片？

我办一个小型画展，晚报的妇女记者马思璐人高马大，戴一身玉，竟不知菖蒲为何物，问我，是像春都火腿肠那样？你是比着火腿肠画的吗？

我才知道是说菖蒲棒。

我听后只好卖弄说，这是古代女子的定情物，面对爱情，古代女子是这样抒情的："君当作磐石，妾当作蒲苇，蒲苇纫如丝，磐石无转移。"不像现在城市姑娘只知道要房要车。

她反问，要是你有个女儿出嫁，愿意只要菖蒲吗？

我说我没有女儿，我只是整天在为儿子买房首付发愁，头大。

画芭蕉记

窗外月光一白，闲人便会有了闲心。

所谓情趣和无聊都是闲淡出来的。

某一月夜，我画了一只公鸡，随手又添加了一叶芭蕉，遗憾的是月光添加不上。我没有尝试过，月光好入诗但最不好画。钛白也模仿不了月光。世界上的颜色搭配再好，在自然面前皆失色，都是下策。

这才有历史上画家一直都向往的“师造化”之境。

画到最后，就差落款。再看时，我顿时发了愁，不免暗笑，一时不知如何下笔：担心一落笔就道破玄机，以致这张画卖不出去也赠不出去还捐不出去。

鸡年里，画家荷翁带着我参加新春笔会，出场者画鸡多题“鸡有五德”。我多年前甚至加上“三”而成八，洋洋洒洒文字都能扯到“八德园”里了。但这一幅两种元素组合的画，合起来有点喜剧矛盾。

我在北京画廊里看过一幅画，是邵宇、李苦禅、许麟庐三人合作的：两片芭蕉，两只鸡。仨画家都没有多想就画了，到一个作家那里开始嘀咕成一地鸡毛了？

关于落款经验，想到汪曾祺先生在某一篇文章里说过的话：画鸡后就不宜再画芭蕉。不管思绪如何飞翔，这才是作家画画的讲究之处。

他说，这样画出来的画没人敢挂。

今天无意中犯了颜色之外的忌讳，我画了鸡和芭蕉，既不能杀鸡又不能砍蕉，还要救画，我平时讷言少语，题上个少有的大白话穷款——不落款图。

画葫芦记

文人游戏里，画葫芦为求吉意也。“葫芦”浑浊发音后，听起来成了“福禄”，属于“吉祥译”。

《诗经》有诗为证，记载好几把葫芦，晃荡在春秋年代的细雨里。葫芦文字有青，有黄，文字装饰了两行两色。

无论是一分为二当瓢还是合二为一当葫，在乡土中国里，葫芦都属于日常生活器皿，不可或缺。其高度密封性不会漏气。读到加拿大民谣诗人科恩一句诗“万物皆有裂痕，那是光进来的地方”，不会是歌咏密封的葫芦。破裂未尝不是好事，破开，是在歌咏一把瓢。

我姥爷每次套上牲口出门前，考虑粮草，考虑收支，来回时间，出发前除了存放干粮，还在草料袋子里放一把瓢，便于人和牲口途中接水饮水。

每年初春我都种几棵葫芦，专业叫“点葫芦”，发芽后搭葫芦架，拖蔓后由一条麻绳牵引。青葫芦用于炒菜，发黄的葫芦暂时高挂。

我经常亲自制作两年前的旧葫芦，一个葫芦转化成两个瓢。亲戚分用。

在留香寨，一把好瓢使用三四年。揿面，盛水，盛水果，盛粮食，盛猪食，盛针头线脑，时间再长，开始盛闲言碎语，盛家长里短。

瓢是阴谋的道具。在一个少年的阅读史里，我从一把瓢里，看到一千多年前的一个夏天，有晃动的人影，阳光热得在松针上乱跳，宋朝的八个山东汉子在黄泥冈里匆忙穿梭，用一把瓢盛满红枣子和浊酒。瓢里设计。他们的道具有朴刀和遮阳的斗笠，最后，一把瓢在酒桶里紧张地搅和一下，在“倒也，倒也”喊叫出来的迷蒙里，蒙汗药把一个国家搅乱，以后有了替天行道。

一把瓢竟如此之重，这才只是“半个葫芦”的“斤量”！

另一类人怡情葫芦。面对一把完整的葫芦，任伯年、吴昌硕、齐白石、王一亭这些传统画家不断重复把玩，在案头不知疲倦地栽种、摸光葫芦，多画雷同的葫芦题相似的款，恰似一些农人多搭雷同的架子扯相似的藤，十人一面，以吴昌硕的皮最厚，却另称缶翁。我画葫芦不再题“依样”，只题上“不一样”，反其道而行之，和葫芦拉开藤秧一般长的距离。

葫芦的不一样就是“不依样”。面对葫芦，画家不要有自己的模范，心中无田无秧，笔下颜色才能随意生长。

附一：

六个葫芦

第一颗　瓠

“齿如瓠犀。”——《诗经·卫风》

谁以牙齿咀嚼细碎波浪，组合一条语言的河流。

伊永远立于虚构的对岸，在蒹葭深处，站成了故乡一枝杨柳。执瓠者，是一个长着小虎牙的少女。

第二颗　匏

“匏有苦叶，济有涉深。”——《诗经·邶风》

叶子做的舟，在一个清晨竞发。叶子遮不住一双眼睛，那里有更深的河，水能浮舟，也能覆舟。那一年，济水之源清澈，紧随着藤蔓。

匏里也有星云科幻。

第三颗　壶

“七月食瓜，八月断壶。”——《诗经·豳风》

在十五国风中，你早早为我把季节一一排开，七月、八月、九月，按大小挂在藤蔓之上，你铺排了的藤蔓上全是通感。

有一年，我把一个人的名字小心翼翼地刻在葫芦之壁，名字长大，如一方葫痣。后来又遇到一位长痣的女人，星星重叠，一架天棚有“复式的记忆”。

第四颗　甘瓠

“笑杀桑根甘瓠苗。”——杨万里

葫芦之须缠绵于新农村电话线，柔韧于街道纵横的钢丝。它向上，有勇气纠缠于云端里的水泥建筑，叶子大于新区规划图，有人在远处瓜棚里，锻打一只钢铁葫芦。

第五颗　悬瓠

“半夜衔枚，满城深雪，忽已亡悬瓠。”——李纲

子夜一场雪，紧紧贴着葫壁而不融化。

悬瓠，是一座装满方言的坚固之城。

雪，自方言里启程，落在葫芦之上。从墙壁上滑落，从垛口上滑落，从瓦砾上滑落。雪知道，每一座城上烧红的砖都裹着春天的绿浆。城外有悬瓠的医者。

第六颗　蒲卢

“壶之细腰者为蒲卢。”——李时珍

灌注风雪之语，灌注草木之声，托付驴蹄之声，以笠以蓑，携带行囊和一枝梅花而行。一个人在固执地提炼砒霜，立志要以砒霜炼蜜，说要以疗天下的牙疼。

上帝剔着葫芦籽一样的龅牙说，那是诗人要做的事。

附二：

一瓢饮

瓢是葫芦的一半，过去是“颜回的器”。孔子喜欢一把瓢胜过喜欢颜回。

一个人终生像瓢一样在找自己的那一半，找着了是幸，找不到是命，但是大多找不到。有的破碎了，化为灰尘；有的丢失了，再也看不到面庞。终于，也有万幸者，一天，它从乡村的水缸里出发，从乡村墙上下来，前去寻找，它找到了自己那一半，最后却合不住，则是更令人难过，伤感。黄遵宪诗句“瓠离分裂力谁任？”或可理解为说的是一把瓢。

以后，这一方瓢经常做那一半的绿梦。

也许世界这一面乾坤大葫芦多是这样吧。

画芋记

鸟类怎么能和植物联系到一块儿？属于猫头鹰嫁接芋头。染色体不能配对。

鸱是《山海经》里说的一种鸟，一首三身，接近一种猫头鹰。

因大芋状如蹲伏的鸱，古人称芋头为“蹲鸱”，因形赋意，作以文艺贯通。中医里有一味药叫“蹲鸱丸”，主要成分就是香芋。望文生义，多数患病者看说明书还以为是教人来生吃一只猫头鹰。

从芋到鸟自有出处，这称呼很早就有。画芋头落款我抄过四个人的：司马迁《史记·货殖列传》：“吾闻汶山之下，沃野，下有蹲鸱，至死不饥。”左思《蜀都赋》：“坰野草昧，林麓黝倏。交让所植，蹲鸱所伏。”苏轼《上神宗皇帝书》：“是犹见燕晋之枣栗，岷蜀之蹲鸱，而欲以废五谷，岂不难哉！”清人陈维崧《满江红》词：“论生计，蹲鸱一顷，菰蒲百亩。”

我掉书袋是为了画。让芋头收羽蹲下，古人都不怕那芋头出首飞翔。

因叶子近似荷叶，我家把芋头通俗叫“旱藕”。

有一次我画一页芋头，落款手生写反了，下笔弄成“鸱蹲”，自以为天然得古。许多天后，荷翁先生纠正，说这样写就不是指芋头了，“蹲鸱”和“鸱蹲”是两种蹲法，姿势不一样。“鸱蹲”如鸱蹲状，局促而瑟缩。欧阳修有诗句：“儿吟雏凤语，翁坐冻鸱蹲。”

我反击说，最后这一个“翁”字是指荷翁吧？

看来一块芋头是不能胡乱摆放的，白纸黑字，尤其不能在纸上放颠倒。放颠倒的芋头会发冷。有行家在地面上抗议，有芋头在地下叫唤。

积累一个经验，画家要会落款。画家不会落款时一定要谦虚，譬如《韭花帖》最后一定要写成杨凝式不要写成杨凝氏或杨列宁，博学多问有益，画芋叶前要问问芋头：

吁，芋，你到底是起还是落？

画梅记

红衣、白雪、绿梅说

解构晚明遗老的一枝梅花。

——作者

“隔着山河岁月，我来寻找梅花。”——雪地里，那些喜欢着朱服者，大体是这样情怀。不是寻梅，是找砖头，是找国，捎带寄托。

“梅花梅花满天下，越冷它越开花。”少年时偷听靡靡之音，邓丽君这样唱道。黑暗里马上横起来一枝梅花。

前明“遗隐”的普遍特征如下:有个性，有脾气，有骨头，喝烈酒不就菜。多在纸上抒怀，扣舷独啸。以为山河另外刷漆已不再属于自家颜色，死了根朝上也不留辫子，和一方新版玉玺老死不相往来。在“遗隐”们固定的观念里：每一块石头都吃草，每一块石头都带着膻气。只有梅花似吾。

河南天气预报说今夜有暴雪。我开始等雪。

那场暴雪一直在城外办理进城的烦琐手续，迟迟未来。

等到郑州来雪已是月底，我开始画梅花。梅枝无限延伸，向上，向着你的风雪里。我看到叶绍袁在三百多年前一个冬日独自采梅，他得到一枝奇峭古拙的梅花，日记里记下“同插瓶中。空山萧寂，晚步庭阶，深负明月”之叹。因梅言事，因梅言史。

雪后约上诗人，要到茶城走亲戚喝黄酒，诗人出场，化俗为雅！诗人竟一手提一包猪头肉，一手拈一枝蜡梅花。这类人在偌大城市不算我顶多有两个。能有猪头肉出场，北方这场来雪不虚此行。

“岁忽终，感叹情深，念汝不可往。”王羲之《平安帖》如是道。他肯定也看到一枝梅花。想起来和你在雪中漫步，看到一路雪景。譬如：看到张岱书房竟叫“梅花书屋”。傅山专门做一册子《集古梅花诗》。八大画梅树露根也不画土。

“看啊遍地开了梅花，有土就有它，冰雪风雨它都不怕，它是我的国花。”邓丽君在继续唱。黑暗里有了第二枝梅花。

梅花是热的，梅花是冷的，符合当时人的心情。天下之事之士，凡有了一腔冷心情，以后干啥都热不起来，怕是早无“心烛”。今日梅花，前朝旧事，再说就要心生感慨——梅花无多泪点多，有感于八大题画诗中的，“墨点无多泪点多”。采梅心情沉了，采梅者肩上那一枝梅花显得也重。

现时代，是经济和金钱打败气节和立场，少有人或几乎没人去作梅花和雪的比较。全球一体化，生存压力大于梅花花瓣，梅花象征意义不再彰显。商人和官家都喜欢金钱豹花纹不喜欢梅花。

要生存，我平时也开始赞美房地产商不赞美梅花，赞美以梅花遮面装饰的官员。第三枝梅花无处可插。

齐白石开悟早，不“反清复明”，不反对梅花，一家十多口人他都要携带。他只反对日子无米和饥饿，反对物价上涨。他画梅时只要订者肯出大钱，可反季节画上一只蚂蚱，画上一只蝴蝶，画上一只蜜蜂。齐先生的画纸上，草虫客居京华，它们一只都不会冻死。

画梅不畅，我便收笔。我不“反清复明”，也不反对梅花下面涌动的蚂蚱。我知道饿死事大，失节事小，然后才能论花香。这是毛和皮的关系，是枝和花的关系。一如房贷和梅花。

附：

梅有悟

画梅者多多，撇开枝干花瓣不说，细致划分无非两种面貌：寂寞和热闹，浓烈和清淡。不会出现第三种。若出现第三种画梅者，定是紫石街里造杨梅汤的王婆。

画梅者，有人画得外表热闹内心冷寂，有人画得外表冷寂内心热闹，只可从繁华中见孤寂。

代表人物有二，金农和吴昌硕。

冷梅花多不宜成图，非去国远乡者不能为，匠人着手每每失色。梅枝受惊，花瓣跌落。有梅花喊叫：我要饮酒我要壮色。我还要撞色。

民间画梅者多图纸上一个热闹。

某日，你在道别我的那个子夜里，终于出场开始画梅了。

十万狂花入梦寐，梅到尽头。把雅和俗统统都去掉，只剩下毫无表情的梅花，叫原梅。

画樱桃记

樱桃树两棵，
樱桃两颗

第一颗　樱桃不好寄

古今元帅多喜做儒将。我看《石林避暑录话》里记载，武夫偏爱风雅，安禄山也好作诗，曾作《樱桃诗》，诗曰：“樱桃一篮子，半青一半黄，一半寄怀王，一半寄周贽。”

下面有人建议，若把“一半寄周贽”置换上一句则和韵，符合游戏规则。安禄山大怒：“这是使周贽来压制我儿啊。”

因寄的方法不同，诗人不好当，也造成诗句不舒展。

可见在以前，没有顺丰公司快递，樱桃在诗里并不好寄。诗句不保鲜也不保险。

那么到了现在，樱桃如何？同样也不好寄。

尽管现在出现了大量快递公司，但是道路一向有平仄，樱桃、荔枝依然好书写而不好寄意。

第二颗　樱桃核的错误

一次在贵阳，登机前遇到安全人员检查。

摸了一会儿，那安检小姐不让我通过，问我裤兜里是何物？我也一时不知，她让我自己拿出来。果然，兜子里面有一包裹物，我打开一看，是餐巾纸里包着一枚樱桃核。马上明白了，我说是一枚好樱桃核带回中原，检查人员极为专业，都不相信这种理由，我解释说，当时吃时觉得这种樱桃个子大，要带回家种下。

其实就这么简单。

安检者依然奇怪不理解。但确实就是一枚樱桃核。

诗人脑子一向发岔。我想，安检没错，我要藏一枚樱桃核也不是错误。我携带一棵樱桃树过安检证明才是正确。

画树记 | 泡桐类

泡桐有许多种类，北中原的属于“兰考泡桐”，在乡土树谱里，这是“养家树”：成本低，成材快，见效快。我父亲、姥爷都有相同的种桐树的理论主张。他们说桐树三四年就能当材料。我们家盖房子，桐木都可当檩，当椽，有的人家还当梁使用。

泡桐的好处是“轻盈”，村里木匠多将其当家具装板。前天看卡尔维诺论小说理论，说文学之轻有两种存在形式，庄重的轻和轻佻的轻，庄重的轻更有价值。老人家就是指我家门口那一棵兰考泡桐。泡桐材质不下垂，不走样。我过去以为泡桐是“粗木石”，哪知竟是“细木石”，在兰考采风，乐器厂厂长说制作筝、琴、瑟主要是泡桐木。泡桐让我另眼相看。音乐 = 泡桐？

我也有泡桐情结，我和焦裕禄都有泡桐情结。焦裕禄死的那一年，我出生。小时候我跟随挖沟者捡拾过“爬叉猴”（就是蝉的幼虫），它们多附依于泡桐根、柳树根，这些根浆很甜，它们不附依槐树根、楝树根，这些根浆苦。我见到挖沟后遗落的泡桐根，也带回家种下。那种清气一直弥漫在我的童年，像写字时第一笔的“涨墨”。

桐树花盛开时节是初春，桐叶未发而先开花。那情景实际是黄河两岸一道风景，如此宽厚，却被河南人忽略了。在河南，大家只喜欢牡丹花开，其他就不算花。泡桐花是乡愁的颜色。泡桐花还裹一点微小的蜜意，有一年我在郑州小街道溜达，忽然望到，就想起什么，陡生怅惘。那种紫色和厚土颜色般配，一簇一簇的紫桐花是上帝的铃铛。紫色铃铛，上帝用左手摇响。沙听到，河听到，鲤听到，我听到。

话说风和日丽的一天，有个纪念某某年兼某某年的画展，报社马思璐代表官方约稿，我说画泡桐，她说主办领导说泡桐不好看，我说那画泡桐花，开得顶天立地的。对方问我：为啥画泡桐花？我说泡桐花可以清肺利咽，解毒消肿，治疗腮腺炎。还有更主要的一点是治嘴巴说话过多。

其实桐不好画，不如画松。

面对桐树，倪瓒会义无反顾，马上让童子洗桐。我推断倪瓒面对的桐树是梧桐树，能落下凤凰的那种梧桐树，不是郑州的法国梧桐，不是故乡常见的兰考泡桐。可见倪瓒比我干净多少倍。在下不洗就直接画桐了，有点惭愧。

附：

我对色彩的误读

童年时拓展世界观的方式，马厩夜话算是其中之一，可谓沙龙，这是暗夜。赶会赶集算是其中之一，这是白天。集和会是两种聚会形式，五天一会，两天一集。人数上相比，会大，要隆重一些。

集上，我围在一位民间艺人简陋的桌边，察言观色。他口衔一块橡皮或小木板，腕底手艺在不时变化，嘴里不断加以注释。

拍巴掌之间，一张纸上最后会赫然嵌上一个名字，上面花草盛开，飞禽走兽。譬如李保东、赵卫彪、孙爱国、王文明、崔天财……我问：这些字咋看不出来像啊？民间艺人擦一下嘴上的颜色，会给周围的怀疑者以引导或暗示。集会紧邻黄河大堤，加上一阵风沙吹来，再看，再看，画面就像了。集会上那些穿梭的名字无不带着社会和时代的色彩。

让我不可思议的是结果：那一张画出来的白纸竟能卖出一毛钱之高价。我觉得这挣钱也太快啦。有时还有连锁反应，再加上一毛钱，添上媳妇的名字。集会上我买馒头也是一个一毛钱，等量代换地说，眼前这位民间艺人手下不断出现一个又一个的白馒头，热气腾腾。

我觉得这才是一个理想职业，走村串巷且能挣钱糊口。

后来我写作文时没敢大胆透露，内容依然含蓄，最终还是把一位年轻人的理想落到“实现四个现代化”上，这样可守住老师强调的写作主题。

三十年之后，我靠色彩养生。十二种色彩在纸上不断喊叫。声音最嘹亮的是其中的三原色，是吃饭的基础：红黄蓝。

一位南方评论家说我，是倾斜在北中原的一只颜色的壁虎，吸盘附依于调色板和十二色管深处，会喷出乡愁的颜色。评论家在南方，科班出身的评论家只看到我的文字，没有看到中原集会上最早浮现的馒头故事，挡住馒头的那一层颜色，像南方的梅雨季节。世上看不到馒头的评论家评论我的结果，只能是到最后竟没有饿死。

没赶过集的评论家不是好评论家。如是推断，红非红，蓝非蓝，黄非黄，再推，近似老子的哲学。

从形式上说，我绘画早于诗歌，口语早于句子，赶集早于开会。诗歌是天才想象加上疯子幻觉搅和后产生出的一种文体，是用意象排出来的不加标点的一种适合北中原的温度，绘画是把颜色转化成喊叫的另一种声音。用声音配料喂养那一只颜色的壁虎，我曾经为它专门写过一首诗。

它在俯视一个颠倒的世界，这一只壁虎在青砖墙上不会迷路。

以上也算是我对文艺的某一种持久的坚持或短暂的宣言。有点误读。

歇歇再怼

世界上只有丑陋的画家，或丑陋的画，还从没有丑陋的颜色。

世界上只有丑陋的作家，还没有丑陋的文字和丑陋的标点符号。

一部书和一篇文章中间的过渡最要紧，藕断丝连。需要一贴两面黏的狗皮膏药。

近似绿皮火车两个车厢间那一片空隙，近似两个车厢间那一个挂钩。车外是草原和马匹。

“中记”要诀：歇歇，再画。歇歇，再看。再色，再空。

再加钱。

“中记”相当于人到中年。不觉之间，再听咣当一声，下一步就是：人生已到站。

第四池 / 画兽虫

画猞猁记

雪的道别

1

猞猁来临。

它四蹄柔软，是大自然里不停游走的一方信息器，毛孔张开，它探测草木风向和远方雷声来临的消息。

它远离人群和闹市。猞猁从不读书，不经营房地产和商业街。它行走于最高的雪线上，猞猁的气息一直是白色的，用于自动遮蔽身影。它一转身就会消失于白雪。

它与自然讲耳语，开始与一场雪讲，以至于外交官、无人机无从找到相应的翻译而敷衍应付。作为诗人画家，我无法填入其中一恰当之词。只有填雪。

猞猁来了。软蹄带着第一场温暖的早雪。

2

猞猁独立，其区别于豹子之须，猛虎之尾，背上群星斑斓，区别于乔布斯苹果 Logo 的残缺，区别于旅行社野外一日游，区别于动物园火烈鸟的鸣叫以及航线上的古巴烟草。

猞猁拥有凝神的眼睛，非蓝色非红色更非绿色，它还拒绝鲸鱼登船渡海的邀请。

3

猞猁今天走了。

猞猁只是一种象征。

我能看到猞猁转身的一瞬。

在无人迹的绝壁，岩石皱眉，只有猞猁独自栖息。它在最后也藐视猎人私自配制的焰火，它把高耸的耳毛折叠，像一种仪式来临，作一场暴雪结束前的道别。

这是一只虚构的猞猁。

画马记

历史上无名的、有名的画马的画家多如马鬃，我知道五匹名马。

韩幹以马为师，自学成才，笔下的马膘肥体壮，十米开外，从马臊气息里能闻到大唐雄风。宋李公麟的马满纸优雅。赵孟頫、郎世宁的马行走时有富贵气，是生长在皇苑里的宠物，草料丰盛，吃喝不愁。徐悲鸿的马饱含筋骨，水墨外溢，我看到风尘和神采，鬃间弥漫着历史尘烟。

画马者至今未出其以上窠臼。砚池元素多来源于以上诸公之马腿马器官之间。无非伸缩不同。

马被这几个人画到绝处，后人不好意思再画马，便多开赛马场。后人画的马大都支离破碎，一如人来疯。但马票狂飙。

我少年时做梦都想当画家，但找不到画本样子，画真马却没胆量，想叩头拜师，前面没盘坐齐白石。无师可投，无帖可临，便在村里看到什么就画什么。

我父亲所供职的小镇营业所，每天来往有许多业务信件，信封上贴有花花绿绿的邮票。有一天，我发现信封上行走有马，徐悲鸿的墨马。邮票面额越大，邮票上的马就越大。二分、四分、六分、两毛、四毛，还有八毛的，竟是八匹马。

我一一耐心剪下，处理后贴在一张白纸上，照葫芦画瓢，不，是画马。

我的个人画史上，最初画马是临摹邮票上徐悲鸿的墨马。不计取法乎上乎下，或者笔走偏锋，我有盲目自信的艺术观。

其他的马，凡能找到也画，六种颜色饥不择马。多年后我读到郑愁予的诗句“我达达的马蹄是美丽的错误，我不是归人，是个过客”。马也是另一种蹄声和过客。它们带走马蹄下换不回来的少年时光。

在村里，我找到一本国文课本，如获至宝。它是一个亲戚遗忘下来的。里面有一篇《岳飞枪挑小梁王》的课文，文中有一匹刘继卣画的马。我摊上一张棉纸，小心翼翼地临摹。刘继卣和他爹刘奎龄，爷儿俩笔下的马工整得可见皮毛，让今日插图的画家手抖出汗，会知道自己在偷工减马料。

我开始在老屋土坯墙上试笔，村里叫画壁。我姥爷在一边不住赞叹。我画了许多匹马，北中原滑县留香寨那座旧屋的四壁，是属于我的土坯艺术宫殿，全部的马还在。三十年过去的一天，我旧地重现，那些马忽然看到我，兴奋，扬鬃，趵蹄，要破墙而下，碎土簌簌掉落。马脸和人脸拉长，一一黯然神伤。

马和我是过客，宣纸和水墨也是过客，白驹和流水一样的过客。

少年时我还画过一张八匹马的大画，画好挂在床头，抬眼可观。觉得简直是一张神品，小心翼翼卷起，放在橱柜上，上面同时还有母亲置办的粉条、笆斗、米袋、麻包。面对艺术，我有足够的期待，相信有那么一天自己爆得大名，卖上一个好价。能买米，能买烧饼，能让母亲少张忙，只微笑。

那一年冬天，厨房里窗棂四处透风，北风打着呼呼的口哨嚣张地钻进屋里，围剿着我们这个“寒舍”。吃饭时冻得手冷，吃咸菜时开始跺脚。母亲为了一家人温暖，一时找不到更大的报纸来糊窗棂，在橱柜上翻到了我的那张画，她搬个凳子摇摇晃晃上去，一比窗棂大小，宽松有余。打了一碗面浆，直接糊上去。一张奔跑着八匹马的大纸就此入窗。

八马雄壮，立刻止住北中原的寒风。

父亲回家看到，大为不满。怕我放学看到，父亲一直认为家里会出现一位大画家。母亲只好蘸水又揭了下来。

我读过古诗，“胡马依北风，越鸟巢南枝”。现在他们都不在了。我无处可依。只是觉得我爸有一句话到如今也没有说准。

画驴记

荷翁端着烟斗，烟熏火燎里，看我画画，为我讲过一则驴之逸事。

当年黄宗江向黄胄要驴，黄胄画驴不及时但答应了。二十年后，黄宗江上门催驴账，说应不止画一匹。黄胄只好打借条：

“二十年前欠宗兄公驴母驴各一头，母生母，子生子，难以计数，无力偿还，立此存照。”

过段时间，黄胄画出毛驴两匹，派儿子送给黄宗江，想收回欠条。黄宗江不肯，说出一番妙理：

“毛驴已由令郎送到。经验明系两头公驴，不能生育后代。兹取算盘拨算，雌雄二驴，代代相传至今，已共一千四百八十六头，明年将计四千九百九十九头，即使扣除此孽畜二头，阁下尚欠驴一千四百八十四头，明年仍欠四千九百九十七头。因差距很大，所以阁下欠单恕不奉还。前途茫茫，仍祈努力，以免法庭相见时拿出笔证也。”

儿子回家复命，黄胄无奈，又画驴两匹，再派儿子送去。因黄宗江戏言前送为公驴，故此图特题名“母驴图”。后面有题句：“宗江老兄匹配”。落款是：“黄胄奉赠”。

这无非一则文人游戏而已。

一晒后，这一毛驴公案对我启发是：画家只可答应画蚯蚓，画蚂蚁，千万不要答应画驴，画大象，画龙。我还引申出：不要答应画专制皇帝。

近年文坛好事者把我列入“文人画家”。我善画蚯蚓，不善画驴；我善写诗，不善画驴。《大河报》开专栏“冯杰说画”，有次偶然闯出一匹小灰驴，题款：“在我的印象里，毛驴在乡村吃粗料，干重活，多少年过去了，我一直同情那一匹被好事者运到贵州让老虎吃掉的毛驴。”

驴头一晃，近似明星露脸亮相，许多人开始找我画驴。驴债高筑，欠人驴情，几年下来，宣纸上曾迷路许多匹毛驴，去向不明。掌中也有一把驴绳。我人懒手迟，不给钱不画，一时把人和驴都得罪了。

小说家杨晶多年前要画，我每次酒后都忘驴事。癸巳晚秋，他来参加作家创研班，结束前夜还看不到驴动静，他知我画驴的不确定性，督促：老弟，你晚上加加班，让老兄明天把毛驴牵走吧。

我夜半酒醒后想起驴事，急起造驴。题款“杨晶借驴，送上一张，品相不佳，却有墨香，牵回焦作，放牧太行”。

作家回家，发来研修班结业作品是一首唱和诗：“牵驴来焦，拴在头槽，打滚甩耳，拌上好料，对门老虎，再不咆哮，不当坐骑，也不拉套，期盼来年，尾随一胞。”得驴望骡，把明年的驴账亦定。多亏了“群”字不押韵。

小说家傅爱毛也点题要驴，说了三年，还不见驴，每次见面不问人好先问驴。我借着墨热，又将驴一匹。题款：“爱毛爱毛驴，故造驴一匹。”

送驴时学术报告厅人太多，嘱伊勿作声，伊在会上却忍不住展示，结果群女围驴，伊们不说先锋文学和卡夫卡与伍尔夫了，都开始说中国驴，讲述传统文化，且继续说驴。我解释说傅爱毛是三年前订的驴。

伊们说，那我们从现在开始算，也要订驴。

画猪记

一　说猪

从辰龙到午马三年里，女诗人一直嘱我画一猪，她催我猪时我问你属猪吗？她说是自己不属猪。我问她不属猪画猪何用。她说是女儿属猪，还想要画一匹金猪。

猪非猪，看来是讨吉彩。我为人画过小生肖，多亏十二生肖里没有恐龙和骆驼。

画猪缘有点绕弯，我画猪既不为女诗人也不为她女儿，金猪全是为诗人他爹。目的是下次见田先生好有个商榷“文人画”的话题。

二　说字

田先生早期写诗，少年成名，青年受时代波折，新时期后小说获过全国奖。几年前他在太行山石门水库避暑，我和诗人王斯平、小说家戴来等一群牧野文坛诸侯上山拜访，带的礼物是一件高度白酒和一车月光，三十五度的月光只供华而不实，五十三度的白酒可供太行山避暑饮用一周。

太行山夏夜，月光银子般和酒席一块儿铺开，田先生开始表演“南阳牌枚”，牌枚复杂过程可称非物质文化遗产。酒场上传有一句“一个人能在南阳酒场清醒归来多么不易”。

平时笔会上，田先生出场必唱《莫斯科郊外的晚上》，声浑音厚。

一天，他送我一组比较东西方艺术家的随笔，说让我开眼界。很少见作家如此串场，不务正业作东西画家对比，譬如“凡·高和徐渭”“高更和倪瓒”，这么远能扯搭到一块儿，需要一个“架桥精神”，不懂桥梁建筑学不行，学识上要游刃有余，这组文章别开生面。东西艺术家对着干，你凡·高敢割自己的耳朵我徐渭就敢砸吾的睾丸。

他空余在郑州组织一个“云社”，又在美术馆作一场“百年文人书画展”，提前告诉我展出时间一定要去。我认真逛了一圈。展厅一路繁花缤纷。田先生先开笔。一路上碰到了茅盾、俞平伯、冰心、老舍、钱锺书、臧克家、李白凤、李準、姚雪垠、苏金伞诸位。

后来见面，他追问我文人书画展印象如何，我说，除了进门挂的那一副对子是真的。其他的我一时看不准。

田先生听后哈哈大笑。

一酒宴上，他端着酒杯对我建议：以后把文学院墙上挂的书法家的字都去掉，只挂作家的字。吓我一跳。

他也只是说说，过后自己一直没带头来写。文学院的墙上一直站满黑白书法家，像打家劫舍。

三　说猪

后来一匹金猪画好了。

我属龙，画龙可以点睛，说飞就飞走。猪皮厚实，点睛也不飞。但在红山文化里，猪就是龙，龙就是猪，是一个命运共同体。

刘累当年在滑县养龙就是养猪。可以说北中原是龙的故乡。我们是龙的传人，我们是猪的传人。

四　说尾

再说，猪尾巴扯得有点远，不是画猪了近似画龙。

画猫记

剪断猫尾巴会影响它的平衡力。

——作者经验之谈

四十年前，我家养了一只黄猫，体积虽小意义却大，把它放大一百倍，不是一只东北虎也是孟加拉虎。虎虽灭绝，精神还在。猫还在。古籍里有“虎魄”一说。有的虎魂转化成猫。

黄昏来临，留香寨村中夜里不点灯，有节约省油的传统。我家也不点灯，姥姥在黑暗里讲童话，有些年代，需要用童话来对抗黑暗。乡村童话和黑暗有关，暗夜越长，童话越多。丹麦能出安徒生和这个国家的暗夜漫长大有关联。

冬夜的猫故事是许多孩子童年的第一堂必修课，如我姥娘讲的那个《猫是老虎的师傅》故事。

我养的这只黄猫，冬天到黄昏掌灯时分，它心领神会地主动钻进我的被窝。卧在脚头，片刻之后发出呼噜呼噜声。

父亲坚决不让猫来。他听说县城里有一家猫钻到孩子被窝里把蛋蛋咬掉，县城里的猫以为那是一只浑圆的老鼠。可我家是镇上的猫。这种相撞概率恐怕很小，相当于火星撞地球。

为以防万一，父亲不让我养猫。

二大爷说城里人能把猫肉包饺子。村里很少有人吃猫肉，二大爷说猫肉味酸。我至今没敢试。

猫性情乖巧，在村里名声没有狗好。姥姥说过：猫是奸贼，狗是忠臣。猫嫌穷爱富，谁家喂它好吃的就去谁家。狗饿死不离家，有风骨近反清义士。也听到有感人的猫。我姥爷说，滑州一只花狸猫，年前被猫贩子用布袋运到百里外的相州府，要被杀猪者剥猫皮当驴肉卖。这只猫夜半钻出笼子，拨开插销，逃亡返乡，走了两天两夜，滑州在下雪，主人初一开门，惊得满嘴是风，看到猫蹲在门前舔爪子。

一折"孤猫雪夜回滑州"的故事被那一位叫"瞎八碗"的说书人开讲，讲了百里。

猫的嗅觉细胞是人的四十倍，综合灵敏度是人的八十倍。一个养猫人或猫友，走到异乡他地，一路会招惹不同口音的猫匹来亲近缠绕，主要原因是此人身上沾染了猫气息。天下猫味相同，气息相通。如一道气体的秘籍，信仰相同的味道主义。尼泊尔和库页岛上的猫讲述一样气味的口语，猫猫之间不需携带翻译。

那一次暮晚在松花江边迷路，我们五人徘徊不定。这时，路边草丛竟出现一只黑猫，猫注视着我，眼睛里放出来一条虚线。我断定不会是野猫。同行的诗人青青是职业爱猫族，她说自己几乎属猫。曾养过九只猫，一只白波斯猫养了十年。

话说眼前这一只松花江猫藐视他人，径直来到猫女士跟前，用胡子先蹭蹭她的蓝裙子，猫女士手一指，猫便领会前面带路，草丛纵生，曲曲弯弯，径直把大家带到了要去的江边。然后再用胡子蹭蓝裙子，目无他人，倏忽闪掉。

这奇事有点近似黑河夜谭，让大家啧啧，惊奇不已。

附：

猫的翻译

在中国猫史上，据说聪明之猫从世界各地回到波斯，能把自己听来的异国言语翻译给主人听，包括街上茶坊酒肆之间的流言蜚语，包括拍案惊奇。我年轻时见过这样一只现代黑猫，它波斯血统，高于猪价。看那一双蓝宝石猫眼，深如大海，饱含深情，即使一厢情愿，我也不敢当时对女主人私言心事。

猫有血统论，现在流浪猫不论。猫有融合力，吃百家饭，猫骨媚态。我家那匹黄猫在一条百十米长的胡同里穿来穿去，见人打招呼。一男同学说猫是他家一员，一女同学说是她家一员，结果我接受不了。我认为是我家的。

在小镇上初中，我跟着一个女老师开始学习文史，子丑寅卯，她特意说是卯不是猫。查下去我凑不全中国十二生肖，一直犯惑。放学路上，一个大人对我说属骆驼，我信了。路上后来又遇到一个大人说他是属猫，我也信了。混沌里，我一路走了三十年。

多年后，知道是大人在哄人耍玩，这些人自己都属相不明，生肖不清，就是一匹捉摸不定的无形猫。

猫会念经，音调不清。看到老虎“牌照”的注释，竟然属“猫科”，真是打折扣小看了猫。我养猫时观察到一秘诀，猫胡子最有用，有弧度之美。用于测量鼠洞尺寸，测量月光高度。无事闲聊时你可刮自己胡子但不要剪猫胡子。剪掉胡子的猫需要主人一生奉养。

猫者媚态多变，可以翻译多解，不过请勿期待值过高，作为诗人，我即使把一只猫装到翻译机里搅碎，最后也翻译不成一只老虎。

画羊记

《圣经》里有羔羊、绵羊、山羊之分。从外观上讲，山羊胡子最显雅致，像哲人。

像好马要擦鞍，好鞋要打蜡，胡子不同于暗处隐藏的腰带，因在显眼处需要经常打理。古代大臣名士，夜间睡觉要戴上个装胡须的套子，方可安然。我还听过苏东坡和胡子的故事。

胡子的安排自有标准。第一要恰当。国字脸必须配张飞式的胡子，长布袋脸、银盆大脸要配长须美髯。有些人应该配山羊式胡子，比如俄国作家契诃夫，新疆歌唱家王洛宾，越南主席胡志明，留香寨村里我三姥爷。小时候看电影《智取威虎山》，威虎山首领头子“座山雕”也是山羊胡子。

以上所列诸位都是山羊胡子的代表。

山羊胡子的特点是说话时同时翘动，举一反三，有动感，有节奏感，像羊吃草。

平时我和画家荷翁先生常游走京津笔会泼墨卖艺。这一天空余，有人嗑瓜子，有人在烟雾里以墨色唱和交换，书家老冉给我写一长卷，我给书法家老冉画一只羊。老冉笑着说这样咱两国都使用本币不用美元结算啦。

他属羊，让我画“三羊开泰图”。

想到荷翁来前对我总结的一个艺术现状：如今想当艺术家，要么头上刮个精光，要么下面长满长胡不刮，像于右任、张大千，不然根本抬不上价位。若有一把好胡，感官上再好不过，画价后面得多加个零。

眼前的这位老冉就是一脸好胡。

荷翁说他因胡得益。其他书法家字写得好不如他一嘴茂密丛生的好胡子，据说他字贵也与胡子有关。

同行也无须妒忌，书协孟副主席说有一次在大街上，旁边一个孩子随大人在行走，看到老冉觉得奇怪，孩子说，爸爸，你快来看这位叔叔没长嘴巴。老冉恰好酒后微醺，酒劲还在兴头未下，听后，把胡子一伸，虎着脸说，我没嘴？看看，这是什么？

我一笑，羊都画不好啦。

我不知趣地问他，有无此事？

他瞪着我说，这全是荷翁那老家伙从《笑林广记》里编派出来的，不是原创，如果你喜欢听，我也能编派出他一个更好的笑话。

我说，你俩千万不能对骂，你们是双雄，会成书坛上一次文化事件，被人利用宣传，尤其现代传媒手段。艺坛明星经常利用此类炒作的手法，全是为了抬高身价。

我终于画完这一只羊，也听到他讲一个关于画家的笑话。他讲的题目叫《画羊》，这个笑话讲得更“狠”，我一笑，把题款都落错了。

附：

羊的样子

在钢铁里的羊不是羊的样子
在三十层摩天大楼里的羊不是羊的样子
在凝固的奶酪里的羊不是羊的样子
在城市里惊恐的羊不是羊的样子
在女人肩上盘坐的羊不是羊的样子
在无数拉杆箱里压缩的羊不是羊的样子
在通往屠宰场的路上的羊不是羊的样子
在烩面和爆炒腰花前的羊不是羊的样子
在高速铁路上超速的羊不是羊的样子
在机场登机口迟到的羊不是羊的样子
在报纸和电台里走动的羊不是羊的样子
在皇宫大殿里以金银浇铸的羊不是羊的样子
它们的羊都不是羊的样子
在草原上的羊才是羊的样子

画蝉记

1

蝉羽的颜色透明，像大自然的一层透明玻璃，天造地设，是装饰在乡村的一层会飞的玻璃。

我画过蝉，感到最难画的是蝉翼，不能不像又不能太像。蝉翼近似“禅意”，一如坐禅就是“坐蝉”，要有一屁股声音。

三十年前，我和终南山专画佛教题材的许珮臻先生闲聊。许老学问大，是有心人，问我：“常读关于禅的公案吗？”

我说我画画会画蝉。

他问我：“你见过禅的颜色吗？”

当然见过啦。我说小时候经常捉蝉，能捏着叫出声。

他说你会顿悟游戏，你都知道“禅语”的颜色，可见你读透了《五灯会元》，平时我也常借那书里的句子题款用。

说明一下：河南方言里也蝉禅读音不分。我其实更喜欢《世说新语》，平时经常题款使用。

这时该吃饭了。这一番打岔误读的公案对话让许先生对我亲切三分，在饭桌上，中间还为我多夹一大筷子上海青。世间所谓知音大概都是如此歪打正着而来的。当事者当时意想不到。如一捧蝉就是一捧禅，如一盘蝉就是一盘禅。哲学在绕来绕去。

不小心，有时有误会也有怨生。

2

工笔和写意两者结合，会出现视觉落差感，造就齐白石画蝉加泼墨的别样感。我掌握了一个秘诀，再糟糕的写意败笔若有工笔收拾补贴，画面都会起死回生，焕然一新。我周围几位偷懒的文人画家皆步从此道。

我开始画蝉是学齐璜之法：闭气，细心；还尝试拓蝉翼，把蝉翼贴在纸上，涂墨，一拓，蝉翼马上出来禅意。这行为倒退六十年，定能气昏齐老头子，他心细，却没想过如此来玩。

天下创意和发明都是闲出来的，人云：人生大凡一闲，便要闲出假诗人和真妖怪，像穷人生虱的习惯。所以说，一个人即使蹲监狱也要挤出来一点无聊，这是一部电影里的台词，我稍微改动。南京女人爱装纯真主义，北京男人善装中产阶级。这都是好兆头，我日常里以画度日，因为去度了，旧纸上才出现光芒。

现在出新意同时也带来新问题：我岁数渐大，年过半百，耳朵里整天充满蝉声，开始没在意，后来发现秋天的蝉声一直延伸到冬天，可说是蝉声四季响亮，按摩“翳风穴”也不管用。

许老幽默地说，不是艺术附体，这是自然规律，耳鸣眼花，尿少痰多，你马上要老骥伏枥啦。

当年为我治疗过脚下刺瘊的小镇兽医马叔叔对我说：“一个人耳道眼儿里有蝉鸣之声，属衰老症状之一，就如驴老耳朵漏气。”

附：

蝉有三种叫法

第一种　悠长

蝉在村里有几个名字，小时候叫“爬叉猴”“知了猴”，变出来长大叫“马知了”。蝉对我的主要价值是烧吃，蝉头后那一截肉丝最好吃，蝉肚则空虚，不好吃。

我把蝉翼夹在书里，可透出文字，这样来读古诗，能诱人携带句子飞翔。

同学宋四豆给我普及过许多乡村草虫知识。

他说，男蝉叫“叫鸡儿”，女蝉叫“哑巴”；还有一种近亲叫“小俏鸡儿”，它小扣子大小，灰色，贴在树皮上根本看不出来，它角色近似娘家小舅子，但叫声绝不亚于它姐夫。

第二种　骤然

它们紧贴一截柳枝，不歇气，一直高歌，完成自己短暂一生的使命。

我和姐姐在黄河大堤上柳林里捡拾过它的外衣，叫“蝉蜕”，像一间沾染着泥土的空房子。它是一味中药，散风除热，宣散透发。

我把许多枚蝉蜕用一条条细线穿起来，攒到一定程度了，卖到小镇西头供销社收购站，挣钱不易，为了买书看。蝉蜕轻飘飘的，不压秤。那些空房子里装着“空”，多少枚蝉蜕才能达到一斤啊！一斤蝉蜕只卖三四块钱，卖的是“空”。

父亲说，蝉在地下要待三到五年时间才能钻出来，在人间它的寿命只有半个月。

父亲没有全说对。有的知了猴甚至刚露头，或爬到树上不足三尺就被我捏住，带回家，在锅里焙干吃掉，时间还不到一天，这一天便是它的一生。

群蝉在黄河大堤上鸣唱。夏天，一条黄河大堤都织满它的声音，蝉声纵横，蝉声立体。蝉不知道自己的使命，也没有什么使命，像人一样，来到人间只是度过一个短暂的过程；也许比人轻松一些，有露水有雨珠没有爱恨情愁。

它只知道歌唱，唱一天少三晌。碧柳汁液转化为它的音乐，在某一天雷声里，一生像腹下那一截青嫩的柳枝，折断，坠落大地，孕育新生。

第三种　短促

丁酉初夏到亳州旅次，从曹操的地道里钻出来，直接赴宴。亳州是美食之乡，主人说，先给你上一盘“炸地鸟”尝尝。

吃地方名吃就是挖掘文化之根。

我吃过世上飞鸟，还没吃过“地鸟”。上来一看，是一盘炸“知了猴”。我笑了，马上高举，喝一盅古井贡酒，紧着下筷，叨了一个声音。

画花大姐记

画家欲夺取一片艺术江山立世，一定要画专题。

埋头研墨当挖井，挖到出水才叫成功。如齐白石之于一只虾米，徐悲鸿之于一匹墨马，黄胄之于一头毛驴，李可染之于一头水牛。一辈子啊，画了漫长的一生。

我揣摩再三，先是画蚂蚁，有蚍蜉撼树之感，后才改画瓢虫。政治家多做大事，作家要从生活细节做起，艺术家是从“小处”做起。从黑过渡到红。好的画属于色彩上的一种机警转身。

瓢虫有五星、七星之分。在乡村，人们都称呼它“花大姐”。如平时称呼对门的邻居，捎带有一丝亲情。

我请教过省农科院一辈子种菜的唐大姐教授，不是花大姐的唐大姐从生态学上对我说，一亩菜地必须要有一百只以上的瓢虫活动，方可达到生态平衡，才和周围颜色般配。

是哪位艺术家最早把瓢虫入画的?

瓢虫是青菜上的一颗明珠，是《古文观止》里的一个逗号，是小学语文课本上的一个句号，一如我童年时身上饱满晶莹的虱子。但瓢虫可爱，要比虱子赏心悦目。

只要不霜降，只要冻不烂，一棵白菜永远都是平静地站立在菜地里，保持着素冷色调。有了瓢虫，局面开始变暖，瓢虫在上面走动，菜地开始有了热闹有了亮光。瓢虫前进，蚜虫后退，它们都在变相增加白菜的含糖度。

画瓢虫要先用曙红，后点墨注星，如此对比显得醒目。

第一个画瓢虫的画家一定来自乡村，是生活里的一位闲心者，自然界的观察者，社会的介入者，总之，还应该是一位有专业知识的闲人，像眼前的唐大姐。我还推测，画瓢虫的这种画家起码不会先去画龙袍上龙王爷明亮的眼珠子。

北中原大地在近二三十年里，乡村在向城市倾斜，巨大的钢铁塑料管道抽走乡村的血液，城市高楼多于空心村。在我的记忆里，瓢虫一直是一滴朱砂，是一颗红豆，是相思泪，是好风景变形记。王维的那一句唐诗简直是开玩笑的，红豆生“难过”。

白菜永远是瓢虫的素被。多年前黄昏的厨房里，有着母亲专心收拾一棵白菜的背影，她舍不得扔掉那些菜帮、枯叶。巨大的灯影晃动着，影子高过青墙。瓢虫那一点曙红背后，是欲来的秋天和白霜。和人一样，瓢虫也要度过一个寒冷的冬天。

画蚂蚁记

就像人们讲的那样，在整个这一群多似蚂蚁的作家中，人们等待着让狼过去，让狼群过去。

——胡安·鲁尔福

花草鱼虫，画国画的对象已经山穷水尽了，画家们都在挠头发愁。有想法的画家从不跟风，别人画出名的元素对你而言是“障碍”，你要无碍，你要躲避。参照画坛上前人成功的标志，要躲避马，躲避虾米，躲避驴，躲避牛，躲避山水，躲避宾虹皴抱石皴，甚至写生时脚上长的皴。

这样一算，天下便无物可画，你只有改行学烹饪。

我二大爷对我说：你可画蚂蚁嘛，亏你还是作家。

在确定他不是开玩笑后，我觉得这建议略有些道理。不管从道义还是思想上论，画蚂蚁都不丢身份。

村里有一句歇后语，“蚂蚁日大象”，是说一个人有很多远大抱负，但结果多不会成功，属于空想社会主义。

一天看报，竟有成功的。一英国画家早就在玩蚂蚁，却是另种玩法，创作一幅“史上最诡异”的画作，其画料由多达二十万只蚂蚁的尸体组成。画家为实现自己的创意，买回蚂蚁，先用洗甲水将蚂蚁杀死，再把它们用树脂封存并贴在画布上。

起初，他希望把这些蚂蚁活生生地贴上画布，后来发现不能实现，蚂蚁不听指挥，只好将蚂蚁杀死再创作。画作以他自己童年的一张照片为模板，作品以三万英镑的价格出售给一家叫“信不信由你”的主题博物馆。

画家谈体会时说，我曾经为自己杀死这么多的蚂蚁感到很糟糕，影响创作。不过后来我觉得这样停下，先前杀死的那些蚂蚁白死了。何况这些蚂蚁本来就是被养殖，用于满足那些口味奇特人的口腹之欲的。

后来我用墨画了三十张蚂蚁中堂，都是工笔，可最终也没有卖出一只。

画蚂蚁在中国绘画领域不太广阔，以后，我便改画瓢虫。

我以后能看到的全是那些扯淡的画家在一个大环境里，如何一天天把画变坏变无趣味的。

画狗记 | 狗的四方联

联一　狗头

乡村人抄手取暖时，喜谈国事，喜谈智慧，人人皆智囊，谈历史里的神仙运筹帷幄，神机妙算，话题有“小诸葛”，也有“狗头军师”。

在乡村马厩的评书里，时常会出现一位“狗头军师”，是说书的马老六为博得听众一笑添加的作料。原以为马老六信口开河，后知道是评书师傅口传的。最早源自清人《何典》里的“地里鬼为狗头军师”，是职位称呼，不咸不淡，属于中性词。马老六话题一转，说“狗头军师”和现在“参谋长”“秘书”一样。

词义后来逐渐变味，朝狗头方向倾斜。据说李自成张献忠之所以革命失败，源自手下各有一位“狗头军师”。1976 年之后，孟岗小学校要全体学生诗朗诵，我还知道郭沫若说“四人帮”里有一位“狗头军师”。

我亲眼看到狗头是很硬的。在乡村公路上，我对北中原一副坚硬的狗头表示惊叹。

我去道口县城时，在乡村公路边等公交车，看到前面一条红色的土狗受惊奔跑，一头撞到一辆奔驰而来的轿车，双方迎头交叉，只听扑通一声。

我想狗肯定完啦。谁知中华土狗打个滚，翻身而逃，那德国车倒吓得一哆嗦，司机下来看车，车皮被撞了一个大坑。一看司机竟认识，是我一个小学同学的儿子，说去接李乡长到县委开会。

想起上小学时全镇流行不同的革命口头语、标语，从街道蔓延到课本——“砸烂反革命分子的狗头！”“砸烂资产阶级的狗头！”下课后大家对骂时也常现场引用，狗头，狗头。我为此写过作文，用借代手法。

真实的狗头不好砸烂，无论是用锤，用形容词，两者都不好砸烂。只能靠慢火煮。

联二　狗腿子

“狗腿子”的全称是“地主家的狗腿子”或“资本家的狗腿子”，多指家丁、当差者、杂役。

课文里描述的“狗腿子”多站在主人后面，狗仗人势，多在春节前到穷人家要账，手托算盘，一五一十，盘剥人民。

“狗腿子”更多出现在我看的连环画上。每次马老六说评书，开场一句“话说京油子、卫嘴子、保定府的狗腿子”。

我会对照地图，查找这些职业从事者的分布地区。他们大多在北京附近，或五环之外。信息时代来临，“狗腿子”逐渐蔓延，早已超出京城高速，飞机，高铁，地铁。“狗腿子”多以隐性面目出现，这一词语有象征、隐喻的成分。狗腿子西装革履，双学位，口头上不时批判西方资本主义。狗腿子看川剧不断变换面目。

即使真有一个“狗腿子”站到我的面前，我也会分辨不出。

联三　狗皮袜子

“狗皮袜子，不分反正。”一双狗皮袜子不分里表，村里人用来说俩人好，不分彼此。从感观上它是一个“暖词”。我见过狗皮，也见过袜子，也和一副副狗皮袜子闹翻，不穿。

人到中年，奔波，转圈，活得像一条狗。当认为你重要时，每个人都是你的朋友；不符合他们利益时，你也显得无所谓。但狗不是，北中原的狗比猫有品质，饿死也卧在自家门口。

我还有一个不穿狗皮袜子的苏东坡先生。他一直穿一双芒鞋。

联四　狗日的

语气里有一种赞叹意味，还有昵称爱称的意味。

八十年代，作家刘恒有一篇小说，题目叫《狗日的粮食》。那时没有标题党之说，小说得以在文坛轰动，除了内容好也与这好题目有关。以后衍生出现类似“狗日的足球”“狗日的县长”“狗日的某某”，指人指事，都不新鲜。

文学的首创价值是第一次，第二次第三次就和文学创新无关了。

“狗日”在村里叫“狗练蛋”，旷课的同学们常常围一圈为一对狗叫好。在乡村，狗撒尿都有着固定坐标。公狗一般是找着一棵树，跷起后腿。母狗则蹲下来，显得雅致。

在乡村说评书时，为了拖延时间，马老六说过狗撒尿跷腿的来历，竟说了一夜戏文，那狗腿是被济公师傅用泥捏上的，尿前要跷腿，以免淋湿。

多年后路过此地，狗会回忆往事，某年某日经过。狗会感慨：世界上本来有树，狗尿得多了，也就没有树了，多被浇死。

我还会想起那一只在故乡奔跑的狗，那一只敢用狗头撞德国车的中华土狗。

附：

狗年狗画狗格

听荷草堂画格宣言

百年前戊戌变法，百年后戊戌变钱。狗年又来，狗牙长，狗毛长，狗年画亦“涨”。

狗年里，凡画廊经营者以每平方尺万元计，有慧眼的个人收藏者以每平方尺五千元计。

斋号、匾额一至十字内，四尺对开之内，以每幅万元计。

凡让写“上善若水”“真水无香”“厚德载物”者，因吾与汝双方皆不易做到，故不写。

凡让写《桃花源记》者，疑有归隐之心、不思上进挣钱者，不写。

借酒发疯让画贵妃出浴去搓盐者，不画。

狗年另有三不画：

以物品抵画者不画，太沉；以官职压人者不画，太沉；长得好看者不画，太沉。

其铭曰：狗年狗旺新气象，有钱下笔如有神，见钱眼开画也开，再冷便也画得开。

第五池 / 画杂项

画夜壶记

纪念老彭收藏我一幅逸品

夜壶雅称“虎子”。猛一听，将门虎子也，近似“虎将”。

将“夜壶”一词置于当今城市话语中，会让人比较陌生，近似一枚语言化石。它带有乡村掌上传奇的意味，失去了日常生活的使用功能，却增加了一种收藏功能。

年轻人多只知“夜壶”是一句骂人话，却不知它曾是昔日乡村的重要器皿，和锅碗瓢盆一样，不可缺少。

夜壶质地上依次分为陶质、瓷质、金属质、塑料质四类。在冬夜，我二大爷首先要做的两件事是酒壶放到床头上，夜壶放在床下。不可颠倒。一把夜壶相当于现在城市里一座游动的袖珍卫生间。二大爷不可一日无此君。

为颠覆安格尔的古典，法国先锋画家杜尚把小便池命名为《泉》，有中国画家素描水粉速写夜壶否？有。

画夜壶近似一种反讽，接近文学上的杂文，有史料价值，无欣赏价值。画夜壶者化俗为雅，非雅士不能为之，境界不高，一走神会成低级趣味。画出无知音，“宝壶图”没人高挂大厅。从乡村到城市，从官家到平民，河南画家多挂牡丹挂山水挂莲花不染，紧跟时代步伐的人家多挂《关老爷夜读春秋》，不挂虎子而挂老虎来镇宅。

一次美展，嘉宾云集，一人喊叫我，一看是老彭。

老彭乃市里文化部门官员，退休后成为一位书画爱好者兼收藏家。他说在市中心有五套别墅，家中大厅里辽阔，画家送多大的画都挂。原来让我画虎镇宅。我说你家房子多，不需要镇宅。要镇的是房产税。

他说自己属虎，家里一直挂虎。他说张善子画虎最好，上山虎不吃人，下山虎吃人。属虎的要挂上山虎。我说你应该挂杜尚的画。

老彭爱说报纸上的画家八卦。他不知道杜尚，我和老彭说夜壶也是不择对象的错误。我后来把这话题去问基层小官，大家接地气，都知道啥叫夜壶，而且往上查三代都使用过，到我们这代才开始摆谱，我说这叫有相同的五线谱。大家捂口而笑。

在新时代农村，夜壶是一个极为落伍的旧题。为了民俗上的纪念，我动员老彭收藏一只我画的夜壶。我开价仅两千元。他说这够购买二十把真夜壶。我说两者性质不一样，这是艺术。说不定哪一天我也会成为杜尚。

他问我：杜尚是谁？

画墙记

1

有一天，胡同口开“新时代电脑店”的刘师傅问我，有个“翻墙软件”你安吗？我说不要钱我就安。这话我说了半年，刘师傅最后也没给我安。

世间翻墙者多，拆墙者多，刷墙者多，画墙者少。你们见过有专门画倒柏林墙的画家吗？网络“翻墙”让我感慨无语。

专业画墙为主的“墙画家”少，顿生当一名“画墙家”的念头。画虾画马肯定超不过画史上那两位，画画该独辟蹊径时一定要逢水架桥。齐白石画活虾时你要画炒虾。

专业画墙结果如何？会饿死。画柏林墙会抓你。

2

四川旅次时，巴蜀之地山青树郁，我拍了许多照片，不拍巴蜀美女，全是“墙照”：青墙、红墙、粉墙、石墙、土墙、瓦墙、篱笆墙、玻璃墙、真墙、假墙、人墙。用文字和色彩来撞墙。没有摄影家如此执着撞墙。我在做一个专题，专拍北中原带“拆”字那一段墙。那些“拆”字飞扬跋扈，颜真卿和米芾都没这个写法。一百个“拆”字在飞翔，能汇成汹涌的钱塘潮。

一个“拆”字遮住书法史上大师的面孔，字体不一，各见千秋，丰富着书法词典。我二大爷家后墙上就写有一大“拆”字，八尺见方。字风豪放，长枪大戟，开发者有书法基因，像练过两天黄庭坚。

一次酒宴中，趁着二锅头的劲儿，对几位京城著名行为艺术家说：你们京城的艺术爷最善玩行为艺术，有狗胆豹子胆的执刷子，在长安街墙上写“拆”字吗？

那是一路走不到头就名扬的艺术行为。

京城行为艺术家把球踢给我：你敢吗？

可见行为艺术家大都没看过禅宗公案。

我说，不会写上“不拆”嘛！

3

又想到另一则墙事。

甲午初冬，看一部颠三倒四的历史电视剧，唐宫闲话略去，我看到唐将军后面挂了一张作战地图，标注有“中华人民共和国地图”字样的地图上的长城图案，像一条爬行的蜈蚣，在诱惑导演深入歼灭突厥。导演以为唐朝人一直这个画法。这导演起码没有学习过谭其骧。我由此想到中国人创造这一堵著名的厚墙，支持者是秦始皇，反对者是孟姜女。

《管子》里垒有一道“语言之墙”:“‘墙有耳，伏寇在侧。’墙有耳者，微谋外泄之谓也。”

言语莫测，江湖险恶，荷翁像讲笑话一样说，近期风声吃紧，大人物们吃酒前都把手机关上，把门窗关上，把语言关上，也不让挎钢笔的服务员倒茶。大家在酒桌边打一道墙，关现实世界在外面。

关上也白搭，现在是大数据时代。宇宙里根本无墙可垒。垒墙过程纯属小儿游戏，只能难为住周游列国出行的孔子和他的一辆牛车。

画扇记

画家日课之中，大多不愿意去画扇。连拍卖行上也卖不上价。

原因是其过程零碎烦琐，操作费心，忽上忽下，颠来覆去，拆扇装扇。总之，扇骨之狡猾大于泥鳅，不好拿捏。弄不好扇骨折断。因此只要不情感相怜，权势相逼，擒拿威胁画家，订货时他们多把画扇放到末位。

我有参考史料为证：

吴昌硕自定润格：堂匾二十两，楹联三尺五两，四尺六两，五尺八两，六尺十二两，横、直幅三尺十四两，四尺十八两，五尺二十四两，六尺三十二两，条幅视整张减半，琴条六两，纨、折扇、册页每件四两一尺为度，宽则递加。

吴昌硕为齐白石定的润格：四尺十二元，五尺十八元，六尺二十四元，八尺三十元，册页折扇每件六元。

1947 年白石老人自书润格："一尺十万，扇面中者十五万，大者二十万。粗虫小鸟一只六万，红色少用五千，多用一万。”数字吓人，其实都是“法币”，当时一个烧饼就要卖十万元，吃一顿饭馆要千万元以上。齐白石说说先吓死人。

三种画格里面，都把画扇放到末位。

苏东坡画扇，全是出于体恤民情的悲悯。“取白团夹绢二十扇，就判笔作行书草圣及枯木竹石，顷刻而尽。”宋朝使用的不是折扇，是团扇。折扇明代才大肆流行中国。要不，苏老不能把活干得这么麻利。折扇自明朝从高丽至中原大盛，苏东坡从来没有折叠过。存目在此，不知我掌握知识靠谱否？

我看到央视在播的电视剧里，一位汉朝宫女打开一把折扇也打开一道美丽的错误。常识不靠谱。

团扇好写，折扇便有点费事，操作时还要先去掉扇面，再展平，完毕后还要一一插到扇骨里，你不能散装送人。造成两岸骨肉分离。

画扇过程需要积累的经验。一位书家当年教过我如何插扇骨，折叠，倾斜，收扇。这需要细心，他说，心花不打紧，但不能眼花。

细算一下，从辰龙到乙未，我至今一共画过六把扇子，台湾一把，大陆两把（小荷那一年看猴子掉在动物园草地上一把后又补一把），瑞士一把，马来西亚一把，另一把秘而不宣，鱼一样从草坪游走了，去向不明，但我肯定它尚在世间。总之，扇子之渊源说不清楚但也一一算是都有了交代。

画扇难于写小小说，若无花里胡哨之诱惑，我一般不会面带羞涩去画扇子，甘苦寸心知。我宁可去写对联，写四尺整张，写八尺整张，写一平方公里大字，写“厚德载物”罢再“宁静致远”，我也不愿意去画一把小小扇子。

文章到此，已不可使用原名，干脆改《扇面不好画记》也。

附：

十把扇子

乙未仲夏，画商怂恿，和汴京作家晓林先生合作折扇十把。

荣宝斋素扇。甲面写张字，乙面画冯画，珠联璧合。有识者要接洽，定价每把人民币两千。一方家云：此二大师合作一次不易，一个槽上拴不住俩叫驴，咋骡子弄成驴价，卖贱了！

我崇尚笨功夫，河南人自古好使用一套“愚公移山思维”：子子孙孙，挖山勿躁，一把两千，一百把就是二十万，四十万把扇子就是、就是飞天了……用乘法。

接着继续推断（智叟这老人此时在哪里？）：

掐指细算，一人一天吭哧瘪肚弯腰顶多画十把，还不加蚂蚱，不加蟋蟀，不加高兴时的喷嚏和尴尬时的咳嗽，画一百年方出三十六万多把，尚差近四万把凑整，还不能亲手安装扇骨，抚平扇面。想想早生华发，吾过半百，汝过半百，俩大师加到一块虚岁一百多岁，连骨头带毛称毛重三百斤。

顿时索然无味。

打开一把扇子就是打开一条北方的河流。怎样静心去写才不辜负素笺风情？

想想还数王羲之写扇逸气，他东床坦腹，阳光来了，是个好境界。他写《黄庭经》换鹅也是好。他不加入中国书协当副主席讨论平方尺更是好。

一把扇，一卷经，一群白鹅。游动着一群行草。

画壶记

1

我不懂壶，不懂壶者谈壶便动辄得咎，近似太监谈风月，话说出口往往得罪“壶坛名士”，从中得到的教训是：一个人在不懂领域少说或不说，这叫隔行如隔山，隔壶如隔湖。

我嘴贱，好“壶说”一如胡说。

一次参观“中原紫砂壶珍品大展”，展主我熟悉，是我县当年经营推销劳保产品的业务员，广州谋事数年回乡，在公司里被叫作“鲍总”。此公吃过鲍鱼见过世面，这几年转行，在艺术圈里经营拍卖，拍得让人心惊。

鲍总领我来到一方展柜前，打开锁，拿出一把紫砂茶壶，让我把握一下。我不明白，只好遵命热手把握一下，把握一下后放下，双手下垂。

他说：享受了吧？

我问：享受了啥？

他说：这可是和历史握手啊。这一把是时大彬的，御制紫泥金银彩山水方壶，八百万。

他这“壶话”吓我一跳。我说，你要先说这个价我绝对不敢把握，捧不住啪嚓一声怕你讹诈我。

他拍拍我肩，笑我没见过江湖，说：这把壶还是便宜的，家里博古架上摆有一把顾景舟的，一千一百万。

我努力数十载，半生爬格子，五十年还不如他一个壶嘴值钱。一直两袖清风，两腿吊蛋，他一把壶还没装水映照，就彰显出了我的寒酸相。

我说不看壶了，鲍总中午你得请我喝羊肉汤，喝十块钱一碗的。

我是第一次赏壶，壶里壶外乾坤与我无关，当下现状是任何领域里刮一场龙卷风都合理。第一次参观壶艺大展回来，受了惊吓，体会到壶界无底，状若深渊。我对鲍总说，以后只看葫芦不看壶，悬壶不济世我只画壶，你出钱我画壶，供你们买纸壶。

2

后来，丁酉阳春来了一则壶生意。江南才俊胡竹峰先生要出版一本专题集《饮茶记》，文章要饮尽天下佳茗，有茶自然涉及壶，点题让我画几把茶壶，要只盖章不落款。我奇怪：咋还有这种要求？

裁了素宣，一身清白的茶壶画毕，竹峰来电又要落款，说还是你的款好。那些提前画好的原作是按照不落款格式画的，场地留白小，只题穷款。

一共四纸，画四把壶。我翻来覆去题，题款滴水不漏。

一把我题：一把好壶。

一把我题：好壶一把。

一把我题：好一把壶。

一把我题：把一好壶。

画月饼记 | 饼上文字

1

过去，一个村里，月饼模子多是互相借着使用，一年使用一次。它甜一次，像过生日，其他时间里都在睡大觉。开始梦上次的甜。

月饼模有白板的，有带图案的，有图案的象征富贵不出头。一条小胡同里，我只借村里带字的月饼模，三姥娘家有一方。

月饼上的文字赐我最初民间美感，一种朴素的乡村美学。乡村美学多在不经意处表达，隐在平易处，手下拓置，以后也慢慢领悟知道。

最常用的模上是“花好月圆”四字，里面有朴素的心愿。专业规矩的月饼模上，是“特制精品”四字，道口镇几家老店多用此版。不欺负人的月饼模字是简单明了，只有“豆沙”“红枣”之类，以两字为恰当。交代很清楚。

2

今年去道口镇走亲戚，见到西关生日糕点房的徐老板，近年兼卖各种月饼，我算开了“月饼眼”。他月饼模上的文字还加入了网络流行词。他说，如今有网络作家，自然也有“网络月饼”。

他为我选出几种，说这几种最受欢迎，上面的字是“小清新”“伪娘”“御姐”“屌丝”“求交往”“且行且珍重”。他讲到兴处，切开一个月饼让我尝。十字花刀，正好店里四人，一人一块。我得到那块上面的字恰好是“屌丝”的“屌”。

当时隔壁服装店老板娘也闯来了，呼道，大作家来了。我面熟却一时想不起是谁，她说是我小学的同学李美丽。分月饼时李美丽女士也在座，我心想，多亏她未分到此饼。我嘿嘿干笑。

徐老板不明白我笑啥，说，最多还有六个字的。有字的月饼年轻人最喜欢买，每个五元到十元。他说，这算是传统文化与时俱进的表现。

也有计较上面文字的。徐老板的小舅子是宋营村乡党委秘书，有人托他给书记送来两盒带字月饼，月饼上“五福临门”组成一个词。书记说，啥玩意儿！猛一瞧，咋看咋像一个“祸”字，没敢往家里提。凑个热闹，直接在单位让大家分吃了，也算是“共渡难关”。徐老板的小舅子也不喜欢这种形式主义，对人开玩笑说，形式主义害死人，直接一些最好。

3

今年北中原月饼面孔有点标新立异，订货商提前到月饼店订制，配合全县政治工作，月饼上的文字一律是“除霸打黑”，我没表示奇怪，这近似童年时我姥爷讲那一个月饼故事，故事上说，家家抽出一张纸条，纸条上写有“八月十五杀鞑子”字样。

还有更出彩的月饼，网上拿月饼来幽默的段子也不少，在此不多表。

面对现实生活中的“月饼闹剧”，我也习以为常。得空时我才想到，月饼的好坏不取决于形式之美，取决于里面的馅，是否真正的“五仁”。商业道德里说的五仁是核桃仁、花生仁、松子仁、瓜子仁、芝麻仁，炒熟压碎，加入白糖。

月光下吃月饼时，常想念我姥爷和姥姥做的月饼，想到姥爷多年前说过仁、义、礼、智、信，正好五仁。

从古至今，一块月饼一直和饼外保持着青红丝一般的联系，里面有一条隐形的小道，像那一张纸条。

画石头记

甲　这石头不是那石头

需要说明：我画石头记不是画《红楼梦》，标点符号此时显出作用，是画“石头记”不是画《石头记》。不记，除了青苔，石都不记。

历史上关于搬石头的大工程有两例，涉及的人中，外国有金字塔制造者，中国有在神话里搬石头的愚公。画石头者我知道有苏轼、倪瓒、赵孟頫。纸石头已价值连城。一般画者会像河滩石头一样被人遗忘，清代有一位专门画石头的画家，姓周。

花如解语应多事，石不能言最可人。难怪《红楼梦》别名《石头记》。滴中藏海，片石藏山，平朴中透雅。石头不好画石头更不好吃，我画石头有前因后果，属节外生枝。开始主动后来被动，开始点石成金后来点锡成铁。

苏东坡说居不可无竹，李渔说居不可无石。综合一下二人之说是：居处最好是前有石，后栽竹，中间有位厨师。

画山水的画家并不是画石头的画家。无文化背景的书法都是简单枯燥的线条，无文化的石头最后还是石头。

乙　石头是馍

我为啥画石头?

我有三个画室，皆朋友供我白白使用。其中一室叫“刺猬堂”，平时堂里来客多属“刺猬”，恃才傲物，每人都带有刺来。大批疑似书法家在画案上兴风作浪，有酒后的，有茶前的，有不挥毫回去手上就长牛皮癣的，有说自己的书法作品搭过“神舟”飞船上过天的。总之，来的人都喜欢写好字，都要显摆写字是一种“文化自信”，最后天下写好字者一共仨人:“二王”和自己。

平时我一向喜欢谦虚忍让，哪知对方就信以为真。他们都是铺纸理墨，饱蘸激情，先题写“厚德载物”，再题“上善若水”，后题“禅茶一味”。墨色一直游走在重复的循环键上。

我说你们写的都是焦裕禄同志嚼过的剩馍。

在座没人听懂。我没词时才引用名言吓人，小时候背过焦裕禄一句名言:吃别人嚼过的馍没味道。长大后知道除了复印机之外，各个领域都同理。焦裕禄当年说的“馍”这时就是眼前的一堆黑白分明的“书法馍”。

丙　石头是纸

曲终人散，一地神品。我舍不得扔掉不是馍好，而是宣纸好，一张六七十年代的红星宣纸至少三十元，片刻糟蹋掉。五百里外的造纸工人要花一百零八道工序。

当年陈子庄在包装纸上、废品纸上移植草木，锻炼山水，类同我此时的惜纸心情。

开始以墨覆字，在上面画石头，随形就势。根据书法家所书写字的长短来定石头大小，他们的线条决定我所画石头的体积。

有的石头中间出现险情，我靠空气和意念连接，靠米芾在鞠躬拜石时的手势连接。

丁　石头是飞翔

我的许多石头画都如此画出，编一本书叫《新石头记》。友情态度和艺术立场是两回事。玩石头。

刺猬们都说我石头画得最好。

后来道破画石秘密，刺猬们骂我，认为我纸上狂妄。我说这不是废物利用而是锦上添花。《参考消息》上说过，考古专家发现达·芬奇的名画《蒙娜丽莎》下就覆盖有两层画，下面的更好。

我说，你们的字因我的石头腾飞。这得一千年后的考古专家来说。

画箩头记

箩头属于农具的一种。一个人若要“晴耕雨读”，箩头是必备的道具。

箩头多用河堤边棉柳条编制，因北中原不产竹，少有竹编箩头。高平集上站立待售的箩头多用白蜡条、青槐条、荆条编制。一只材质上乘的好箩头能引出一堆乡村闲话。

它面目平常，携带四季风雨，在胡同里跟随主人穿梭行走，极少迷路走错人家。有时主人不在了，箩头还在墙角蹲着。

箩头主要用于拾柴火、拾粪、拾草，装土、装蔬菜，有时里面还可坐一个孩子。箩头分单系双系两种，单系的箩头不用粪叉来扛，直接偏挎到肩上。

留香寨男人清早外出，习惯带上箩头，用一把铁锨或粪叉扛在肩头，配齐后才出门。想起来，箩头在乡村的功能相当于现代市里时尚淑女出门挎的坤包。

中国农具面孔大都相似，像三省四省人民的面孔，让你分辨不出。山西箩头和山东箩头和河南箩头和河北箩头大致一样。资料显示，美国农民不背箩头。

马厩里有一个乡村故事，讲得很有分寸感。我二大爷说，东村的俩闲汉躺在太阳底下谈理想，其中一个说，以后若当皇帝，拾粪要用金粪叉，背的箩头要用金丝编就。另一个嘲笑他，既然当皇帝了，万事都不劳自己动手，要让文武大臣背箩头帮助自己拾粪。

贫穷限制想象，但皆是心怀真诚。

这亦是心怀真诚。

在留香寨，我也背过箩头，肩膀小，箩头沉，一天下来，肩膀往往被压得生疼，便拉开空隙，斜着背。姥姥笑我。她不勉强我干重活。姥爷告诉我背箩头的要诀，贴紧，贴得越紧走起来越轻松。

姥爷珍惜家里每一件农具，箩头本来不怕雨淋，再淋也不会淋感冒，可每次下雨前他都要把箩头提到屋里，让箩头避雨。因此，乡村连阴雨天时，会看到墙壁上同时还趴着耙、镰刀、锄头。

它们也都心怀真诚。

沉重的暮色里，姥爷收工回来，背上那方箩头每次都装得满满的，干柴、青草、树叶、豆秸、花生秧、红薯秧，内容司空见惯。离家很远时姥爷的脚步声就会响起，趿拉，趿拉。姥姥开始掀锅盛饭。我端脸盆。姥爷放下箩头洗脸，擦净一天灰尘，一瓷盆清水最后变成黑色的泥汤。

在乡村重复的日子里，箩头里面的内容老生常谈，偶尔出现一丝新鲜，就像好文章不能没有一个警句一样。姥爷会从箩头底摸出来几块新红薯、几穗嫩玉米、一把新鲜毛豆。姥姥立马刷锅，用瓢添水，风箱声响起。不一会儿，低矮的厨屋上空，弥漫起嫩玉米的清香，一个小院都装不满。

这时，月亮升起来。月下站着一方空荡荡的箩头，箩头里装满星光，提起来又要漏掉。

画扁担记

小蚂蚱，腿一蹬，

到它姥姥家过一冬。

——北中原童谣

扁担

我画过一条扁担。

多年前我家墙上就倚着一条扁担，聆听家话。

村里有个不成文的风俗，女人不能从扁担上跨过，这风俗有点吊诡。

在乡村，我姥爷的扁担一直是姥爷的扁担，除了攀登过几只蚂蚱，无可篡改。

一天河南诗人李正品看到我画的那一条《扁担图》，纠正说，严格讲这不是“扁担”而是“钩担”。扁担长，两端无钩，主要挑箩筐使用，钩担短，两端有铁环少许，末端置有铁钩，主要是挑水、打水。打水时还可当井绳使用。他说我画的正是钩担。李大哥有农村经验，这专业提醒立马引起我对扁担、钩担的回忆。

器物在乡村区分如此细致。

扁担

扁担称谓广泛，不仅限于农器。有一种蝗虫也叫“扁担”，拾柴火时，我们多是把这种蝗虫烧烤后，捏着腿吃下。

乡村虫谱里，将尖头绿蚂蚱称为“扁担”，又名“老扁”。后来我看《中国蝗虫志》，知道这种蚂蚱属于“中国特色”，学名中华剑角蝗，又名中华蚱蜢、东亚蚱蜢，以圆锥形的头和细长的体形为特色。之所以称为“扁担”，是因为抓住它细长的腿时，蚂蚱会猛地向前一扑一扑，和失重的扁担一摇一晃极为相似。河北、山东、河南三省交界的地方把这种尖头蚂蚱叫作“担杖”，担杖也是扁担的另一种称呼。《醒世姻缘传》有“四十文钱买了副铁钩担杖”。那年在呼和浩特笔会，内蒙古诗人说他们称为“簸簸箕”，可能近似那种游戏的形状。康小姐说，小时候在蛟河听到一首民谣：扁担钩挑水，蚂蚱煮饭，三叫驴炒鸡蛋，请蝈蝈来吃饭。”民谣里的扁担就是这一只“扁担”。

有一句歇后语，空手走亲戚——无理。村里人家穷，走亲戚时压不上重礼，提一串“扁担”走亲戚，也不算无理。做豆腐的老杨说，当年手中提一串新鲜的蚂蚱到大姨家混饭，一开门，大姨夫理解，说，这是礼轻情意重嘛。

让老杨感动一辈子。

扁担

也有人的名字叫“扁担”，老孟家弟兄两个都叫扁担，分别是“大扁担”“二扁担”，两只扁担相差两岁。弟兄俩是黄河滩里连着过蝗虫闹蚂蚱那两年出生的。村人开玩笑说，老孟家的两条扁担上都没有系绳子，意思是“两条光棍”，大扁担到三十岁了，还没有娶上媳妇。

八十年代，河两岸流行“买媳妇”。老孟通过媒人买了一个人贩子从云南山里拐来的女人，本来是给大扁担买的，女人相中二扁担。两年后，那女人说进县城买衣服，一眼没看好，跑掉了。二扁担搭车外出找一圈也没找到，女人留下一个孩子。

每到黄昏，那扎一条独辫子的小妞儿站在自家门口，流着清水鼻涕，老孟对我苦笑说，孙女有点像黄河滩上秋风露水里的一条小蚂蚱。

画秤记

兼注释乡村度量衡
——“棉”

有一天在听荷草堂收拾旧物，哗啦一声，掉下来一杆秤。

我姥姥、姥爷和我们住在一起，一家七八口人都在县城那座小院子。姥爷觉得自己不能光闲着，天天“吃闲饭”，也要做些事情。姥爷在乡村卖过杏、花生、春联，说要重拾旧业。我姥姥配合开始在家里炒花生，炒熟后由我姥爷扤着笆斗篮子在县城里游走。

姥爷说，因为这自家花生配方独到好吃，每天一篮子早早就卖完，他回家把卖的钱都交给我母亲。姥爷说，我都是把秤给人家置得冒高。

我见过小镇上的造秤者。张天星有一间门脸，是祖孙三代的“卖秤人家”，说是祖传手艺，镇上把这类手艺人称为“镶秤的”。我小时候常围着镶秤者看稀罕，张天星把眼镜吊在鼻子上，把一杆原木秤细心地打磨好，最后开始手工钻孔，将铜丝镶嵌里面，用刀割断，最后矬子磨平，用一块毛巾打磨光亮，于是，一杆秤铜光闪闪，摆在门口。

秤大小长度不等，最小的秤我见过，是道口镇中药店的小秤。银店柜台上的秤更小，觉得近似剔牙签。店主不叫秤，叫戥，戥杆是用象牙做成，称完马上放在一个木盒子里。

四十年后，我在开封清明上河园游览区，还赫然见过一杆一丈多长大秤，一边站者是位大汉，在做独门生意。大汉夸张说：南来北往的只有大富大贵者我才称，每次十元。

我问：为啥这么贵？大汉说，我这是“称江山的秤”。

我姥爷当年逃荒到开封，在那里生活过，他说开封有一些“牛二”都喜欢“涮嘴”。

最后，要说到一个和秤最有密切关系的专业词“棉”。

一杆秤出场走进社会，主要就是一个“公平”。称出来的分量稍微差欠一点，乡村度量衡里就叫“棉”。若说“你这秤二斤棉一点”意思是不够二斤，但又差得不是太多。差得太多就不叫“棉”了，叫缺斤短两。差再多开始吵架动手，最后把一杆秤“撅了”。

与“棉”相反的是一词“高”；再高叫“冒高”，像前面我姥爷卖花生时说过的那种度量衡状态。

画纸记 | 纸的四故事

1 卫河来纸

我少年时的生活范围坐标图呈“丁”字形状。东西方向是从高平集到上官村，南北方向是从长垣孟岗镇到滑县留香寨。

向东抵达高平集十字街口的牛肉火烧炉。向西最远目标一直想到达道口镇，但几年里一直没有实现，只到过中间的上官村拔牙店，离道口还有二十公里。

有一次麦罢，前胡同的孙亮妞家要到上官村走亲戚，送两筐鲜杏。他妈要找一个伴同行，问我去否。我一向喜欢外面世界，便结伴而行。骑了半晌自行车，终于在中午时分吃饭前到达亲戚家。卸杏，上桌，吃一顿炒老鸡蛋卤捞面。

那时的北中原乡下，走亲戚是生活中的大事，捎带的“福利”不光有吃喝，还会有纸。

四姥娘家一个表姨在道口纸厂上班，捎来一捆白色油光纸让我画画，我珍藏着放在脚头柜上舍不得用，后来虫都提前蛀了。八月十五走亲戚，道口的姨们给我姥姥送来一只烧鸡，上面包一张红笺，用纸绳十字捆扎，大家吃完，我就习惯性地把红纸笺收藏下来。

2　习惯和纸

去年，老表在道口卫河边上的顺河路新开了家烧鸡店，为感谢我写过一幅“鸡鲜于羊”的横匾，快递来一包烧鸡，说，哥你尝尝，我要让事实来说话。

今日不比往昔运输速度之慢，半夜煮鸡，朝发夕至。纸包里鸡肉鸡杂被一一分开，里面还附加了冰块保鲜。

打开上面的包装纸，一一开撕兴尽后，留下一堆鸡骨头，一张包装纸——要乘兴在纸上写字，纯属酒后戏墨。我小时候养成一种集纸的习惯。

“习惯”这东西你说不上多好也说不上多坏，反正是一个“习惯”，如坐桌抖腿，说话抠鼻，再严重如吃捞面前非要脱鞋抠泥。我姥爷坚决反对这些习惯。

最早我有个习惯，是收集糖纸，不分场地看到就捡。花花绿绿，五光十色，竟集有一大沓，装在一只鞋子里，我姥姥有把鸡毛装在鞋子里储存的习惯。

有一天，一鞋的糖纸丢了，几天心无着落，仿佛童年随着一只鞋丢失了。

村里李老大烧鸡店集纸最多，用纸包烧鸡，每年从学校买一麻袋课本。我们学习成绩普遍不好与他大肆购买课本有关。我性急之际也曾用课本换过烧鸡。烧鸡店后来开始使用报纸，报纸开本大，整张报纸把一只鸡的左右都照应到了，还可虚张声势，包起来的烧鸡有角有棱，造型好看。

包烧鸡是个技巧活，会包的能把三两小鸡包出来三斤大鸡的外貌。最后外面横竖缠上两道纸绳，一手按住捏断，推给买者。烧鸡挂上车把，一路车铃响，一路留香。

我至今记得，李老大也有一个习惯，包烧鸡前，要擦擦手，先看看报纸上有没有国家领导人接见外宾的照片。

3　青纸

全县少有青纸。

《本草纲目》说青纸功能:［主治］妒精疮，以唾粘贴，数日即愈，且护痛也。弥久者良。上有青黛，杀虫解毒。一张青纸近似一服青药。

晓杰那一年从皖南回来，特意带一包青纸，说是在地摊上见到的土法纸，让我写诗。后来，在商城三人行艺术馆举办一次“集纸展”，我在其中一张上写下李时珍这一段文字，觉得内容和形式般配。

古人除了回信，敢把青纸看作一味灵药，使用时不直接下嘴而是烧灰。青纸气味:甘，平，无毒。烧灰，止血。今纸就可疑了，多含甲醛，不宜入药。

中药青纸里还包含一种暗示，自有一个草木气息的小宇宙在纸内回旋运转，直到你内心相信。

今日的报纸油墨过多，含铅量大，功效不足以抵挡一张薄薄青纸。

况且包烧鸡也早不用报纸了。道口的烧鸡老表们如今与时俱进，都用印有自己专用商标的袋子，商标人物是董事长的肖像。

4 纸的终结者

在黄河七省新媒体创新研讨会上，《黄河声》杂志美女施柯芗主编对我说，世界在变化，以后纸书只供收藏，日常生活应用将全是电子书。

这像是在专门吓唬我这靠笔爬格谋生的传统中年作家。

她说，电子书通过网络传送一堆抽象符号和数字，虚拟之中，节省了纸张、油墨、印刷、装订、运输、库存、人力，连滞销返货打浆处理都不需要。

她说，电子书未来有巨大利润空间。

我想得很多，首先想到欧阳修说的“自古以来”，读书贵在“三上”：枕上、马上、厕上。这样一来“三上”就不能成立，失去情趣。内急之时，我总不能抱一台电脑如厕听涛吧。

她说：你不会边蹲着边翻看手机吗？

附：

色彩的叫喊

我十三岁的时候开始跟随着齐白石画画。

当然，不是跟随“一位齐白石”，是跟随着“一张张齐白石”，跟随着齐白石绘画邮票来画画。在北中原乡村，在黄河边小镇上，父亲在营业所谋生，柜台下面，我能捡到大量废信封。那些年，我买不到齐白石画集，便开始临摹那一张张废邮票上的齐家花草，那是另一个颜色世界，我叫另一种“手拓”。

后来，知道画画不能当饭吃。再后来写诗，知道写诗也一样不能当饭吃。两者都属于人生冷门，要冒一定风险。

三十年后，才知道自己干的都是一些容易饿肚子的事。所谓纯粹艺术，在乡下，大体都是一些游走于米饭之外的鸟事。

吃饭比写作更重要。“知道”那一刻，贼船划远，为时已晚。

当文字无法表达的时候，开始托付于色彩，十二种颜色可以叫唤，它们发出不同的声音。静夜露白，从素纸上听到白的声音，从颜色上听到颜色的声音。

作为一位不纯粹且经常喜欢穿帮走穴的诗人，要先把画面经营得有趣，在颜色里憋气潜泳，再露出发梢，去呼唤远方的文字。这说说容易，做起来很难。

第六池 / 画虚实

画黑暗记

甲午中秋啃过月饼后，长安未央画廊的收藏家老曹有约，曹由满先生出了一笔可怜小钱，开始订画。

老曹喜欢自己点题，以显厚重。近来他受河南评论家言语蛊惑，专收真假参半的“文人画”。这次让我专门画一张“黑暗图”。题材有点冒险，属于剑走偏锋。

金钱面前难不倒我。构思两天，在想着黑暗的体积，方知这一捧黑暗真不好画，写黑暗可以，把抽象换算为具象不是我的特长。我决定借代，老实地画一只猫，对人讲它就是一匹黑暗。它携带大约三斤重的黑暗而来，转身还能看到黑暗的背影。

河南人韩非子早说过，世界上画狗马难画鬼容易，我的体会是写诗难，绘画易。画光明易，画黑暗难。

写黑暗最好的诗句是那位童话诗人顾城，“黑夜给了我黑色的眼睛，我却用它寻找光明”。诗人寻找的途中，单纯又固执地挥斧，砍断诗句，上吊去了，把一段沉沉思索留给我，在空中摇晃。我奇怪，他咋还是一位童话诗人？

另一位诗人韩东有诗《一种黑暗》，全诗忘记，记得一句“有一种黑暗在任何时间中禁止我们入内”，是一种黑暗的拒绝，是对光明的拒绝。你可尽情来引申。

以上说的都是抽象黑暗，我须转化为具体黑暗，我画猫是对的。黑暗用一只猫身子轻松遮掩起来，黑色的诗句被吸收进猫的体内，化为它的骨骼或毛皮，成为一泊黑魂。落款时我用一个字“黑”，写满整纸。

不算画蛇添足，这是“就着一字，可得风流”。收藏家老曹你不承认这是黑暗都不行，我和唐朝的评论家司空图对着干了，说成专业词语叫含蓄。

一幅《黑暗图》画得这么有意思。盖完章，我忽然有敝帚自珍感，想留下此画自己收藏。我对收藏家说：我另给你画一幅《留得一钱看》吧，写杜甫诗意。

老曹是雅商，久经文武沙场，学问和狡猾都像清朝扬州的那些大盐商，知道上句是“囊空恐羞涩”，我这道穷微讽的酸秀才，小小伎俩早被人家一眼看透。

老曹说你画可以，不过我就要这一张，可加深友谊，但我不加钱。

画霾记

这呛人的社论，浓度大于一滴蜂蜜。

——冯杰的诗

这几天，它们开始悄然来临，带着轻缓的虎蹄。

在一家叫“纸的时代”的书店，四条汉子要谈中原乡土小吃。首先需要一段开场白，每人说一段。

雾霾可吃。

我先说。我向来自京城的李辉先生比较了一下北京和郑州雾霾之境界的不同。我说京城的雾霾既浑浊又空洞，京霾像一篇报纸社论；而郑霾除了抄袭排气的浑浊，还有乡土之醇厚，包含河南人烧秸秆百折不挠的执着，口感绵长。仔细品尝，两地味道果真不同。

每年入冬，我咳嗽不止的原因找到其中之一。仅有枇杷止咳露是不行的。媒体上报道一位好事有闲心者用吸尘器收集了十天雾霾里的颗粒，像居里夫人提炼铀一样最后制成一块砖。砖是好砖，茫然四顾，掂在手里不知他会去拍谁。

媒体上还说，有中外学者研究证明，雾霾将会缩短中国北方人五年半的寿命。可是你在如此污气里多活五年半又有何重要意义？可以白天不开灯，直接当晚上去睡。

我二大爷说：好死不如赖活着。

这两天，空气预警由黄色上升为橙色，遥想东汉当年，黄巾军口号是“苍天已死，黄天当立”，难道张角之流灵魂再现，又要复生？

耶稣说：上帝，人怎么能活在这个地方？

孔子说：这要看你怎么来定义活着的意义。

天下事情须一分为二看，雾霾尚有几多好处，譬如生活里立于高楼之上可以不头晕。远眺可生出迷蒙情感。战争史上有孔明草船借箭成功，军事上有专家说可造成美日核弹之误差。

猪和羊可以隔离，“非典”和贪官可以隔离，雾霾不可隔离，大气污染、“霾粒”弥漫的世界里谁都跑不掉，都会粘掉鞋子。雾霾是世上唯一平等的元素。大人小人，官员平民，演员观众，在它面前一律平等，雾霾没有阶级之分，对它的立场我不想叫好，还是忍不住叫好。

作家形容雾霾浓厚，不能像画家卖画那样使用平方单位，不能像建筑商买水泥时使用立方单位，最好用一些无用的诗句借代，譬如“雾失楼台，月迷津渡”。东区文友有每日一吟的习惯，近似吐痰。早上被窝里收其一诗，诗云：“遛狗不见狗，狗绳牵在手，绳狗都不见，狗咬我才走。”雾霾深处全靠感觉。境界似“空山不见人，但闻人语响”，响了不白响。

我说：这一首不是你写的吧？咋像我老乡王梵志的口语诗？

我看后面点赞留言者中有一位评论，说有禅意。

画时间记

1

河南画家能画出来一秒一秒的时间吗？且要长短分毫不差，状如时间整齐的胡子。聪明的画家不能，只有河南的笨画家才能。

“欲持一瓢酒，远慰风雨夕”，古人把时间盛在一把瓢里。时间逛荡，一瓢时间。一瓢时间是一只葫芦时间的二分之一，这样时间属立方单位。再延伸出一挖耳勺时间，一酒盅时间，一马槽时间，一布袋时间，一堂屋的时间。古人这样表达时间。

对古人而言，时间慢的原因，是他们掌握有竹杖、铜锁、驿站、驴蹄、手卷、滴漏。张生跳墙还要选择一方诗意的垛口。王羲之和朋友无电话，没持手机，双方埋头写信，问安，付驿，等待。李逵蘸水磨板斧时也有耐心，歇歇再磨。黛玉葬花也不用电控推土机，她挥锄分沙。

不分男女，古人大都有耐心。

2

同样的时间，有时重量上不公平。

大多数人一出生就要开始在时间里生活，在灰色时间里颠簸，挣扎，漫无边际；而有的人生下就带着家赐的时间，是时间的二代，使用家赐的不同形状的时间，糟蹋世界。

时间最后公平。无非都是一地石头。是“石头记”或“石头不记”。

3

2009 年我首次到台北，买过龙应台一本写乡土的书。她写到故乡千岛湖下面沉落着一座叫淳安的县城，是写时间。我记着这个水下旧城，一堆时间在沉落。

后有一位拍水专题的摄影家，给我拿来一组这座城的水下照片，让配诗，我看后说配不出来。摄影师选材算是别样，有古城的雕花、门窗、石墩。时间以睡眠的姿态在水下瞌睡着。一张一张的时间，我看到时间未醒，我不愿意惊动时间。

我说一配诗就不好啦。

那是五十米深水下的时间，冰冻的时间，打捞不上来的时间。鱼群从时间中间穿过，大声喧哗的鱼群开始闭嘴。水下的时间不动，水上面的时间在动。

4

世上收藏家收藏的都是时间。收藏奇珍异宝最后皆荡然无存。死灰吹不起，似苍凉独白。一只紫檀空椅，化石上面坐着时间。头上有苍穹、天空，时间冻结的水下不能叫“苍空”，但可以说叫“藏空”。

画鼻涕记

鼻涕不好画，关键是画题不好，在俗之列。

题目有悖传统大雅的精神，却要求雅而不俗的效果，没人会接招。不能这么说，画家荷翁对我说，敦煌壁画里就有画拉大便的画，《敦煌遗书》里有女人对丈夫能顺利拉屎的祷告。历史上有画家在顶风作案。

《山家清供》记载过一次鼻涕，有诗为证。唐代高僧明瓒正烧芋头，外面有朝廷遣的人请他出山，明瓒吃芋正在兴头，说："尚无情绪收寒涕，那得工夫伴俗人。"我看到中国禅宗诗歌里出现的第一道意象透明的鼻涕，成分清晰，可点评为一条好鼻涕。

上溯鼻涕，有一道比唐朝还早，挂在《诗经·陈风》里："涕泗滂沱。"毛诗注释：自目曰涕，自鼻曰泗。把两种不同器官里分泌出来的液体精确排列，在汉语里摆置得很清楚。

鼻涕与生俱来。人在，鼻涕在。

在冬天乡村小学，教室四面透风，上物理课，大家都抄着手听课。同桌宋四豆流着鼻涕，我一看，他急忙一吸溜，像钱塘江回潮。我私下在纸片上写一句“飞流直下三千尺”递给他，他忽然上交正在讲物理课的滑老师。

滑老师以为是提问题，看后说，这诗是语文课上的。现在是讲物理课，注意听。宋四豆没有达到自己的目的。告状失败。

那年冬天他上语文课问我，啥东西冬天最不怕冷？我说鼻涕，天一冷就出来啦。

诗圣杜甫认真地写过一把鼻涕，在他登上岳阳楼时：“戎马关山北，凭轩涕泗流。”一把鼻涕一把泪，感怀伤情。

日本俳圣松尾芭蕉有一位女弟子，叫斯波园女，她在俳句里写道：“鼻涕纸里夹槿花，可怜已枯萎。”手帕沾红，有情趣却无黛玉的咳血惊心。

我一直想合理地画出鼻涕，做到雅而不俗，没想好下笔入题，只好以画芋头代替画鼻涕，情节转换一下，如古人画风时使用柳枝，画香气使用蜜蜂。尽管芋叶子和鼻涕还有一段距离。画得再好，也上不了敦煌壁画。

中州画廊的项敬芝说，这画我收了。

附：

线条和鼻涕之关系

浅论诸位的线条

墨分五色，浅处说技巧，高处也说心境。

八大的线条是透明的，不浑浊。像童年时代寒冬的鼻涕，上帝原谅孩子的鼻涕和官员的哈欠。关键是他境界透明，换作别人，任凭加水和清洗剂也不行。

石涛线条也透明，他自有好线条，不料心事太重，不免掺杂了理想和灰尘，有的线条像是非要绑着牛皮绳索，用以垂钓山岳。

康熙十七年，八大五十三岁，在临川癫狂，这一天，艺术家终于拉开中国艺术史上伟大的序幕。我五十三岁这一年，还在闹市为一把柴米奔波，还款、欠账，欠账、还款。身心不定，线条不稳，供养不出时间让艺术尽情癫狂。

扬州八怪里，不论版本如何，担虚名者断无。金农的线条是藏着的，好像长袖里掖着小刀，一般人看不出来，似乎要学荆轲刺秦。郑板桥玩熟了砚池但是就没有线条。游若天丝的不能称为线条。后来的张大千，十指都流线条，游龙蚯蚓都有，他偷懒，也不靠线条吃饭；待到胡子超长时期，他便进入了泼彩时光，光泼不线，已到一个如烟如梦之境了。

画家的线条一笨，就十分耐看。但也不能太笨，轻滑太飘，太笨坠石，都不是具有面筋品质、钢筋精神的线条。潘天寿线条里掺着面筋，吴昌硕线条里有钢筋。

有线条只能算有一碗酒垫底，没有艺术才情，你再狂人民群众也不认可，就像当下留长胡、戴珠子、玩核桃、刮光头，用脚丫子写字、用头发在墙上射墨作画，等等行状录。内行和老天爷都不认。

还是说八大。他哭之，笑之，冬天来了，八大鼻涕一甩，那是荷梗。

画咳嗽记

因为我前写过《画鼻涕记》，继续涉及五官范围，此文似姊妹篇。

咳嗽非才子不好画出。还以声音借代。红梨治咳嗽，可画几颗红梨；川贝治咳嗽，可画几颗川贝；枇杷治咳嗽，可画枇杷；苹果治咳嗽，可画苹果，以此类推。它们后面都可以隐藏一两声咳嗽。老辈子的学堂戒尺和上课钟声也治咳嗽。

更高难度是画咳嗽后要画痰，像倪瓒那样夜半找痰。

适当微小的咳嗽可以增加某种谈资和风度，许多场合那男那女，关键时咳嗽一声有画龙点睛作用，如念报告或讲话时咳嗽。此时干咳如上好的眉批，偶尔为之可从容遮掩。我观察过十个女人，良家妇女从不干咳。

假咳嗽聊度此生，真咳嗽无法掩饰。人不是神，神是不会咳嗽的。人一辈子太长，且必须咳嗽。我从四十岁开始，一到晚秋入冬时节便会面露愁容，季节性喉炎，让我一冬天靠干咳度日。

一个人的人生档案科目里离不了咳嗽，那是一生中必有的胸部运动。一日咳嗽，一周咳嗽，一月咳嗽，一年咳嗽，甚至一生咳嗽，总有其中一种。咳嗽严重转化为肺气肿、肺穿孔，成就沸腾的群山。最怕是那种半辈子都咳嗽，万声归于寂静。

鲁迅殇于咳嗽，他咳到五十五岁；林徽因殇于咳嗽，她咳到五十一岁；卡夫卡殇于咳嗽，他咳到四十一岁；勃朗特殇于咳嗽，她咳到三十八岁；萧红殇于咳嗽，她咳到三十一岁；雪莱殇于咳嗽，他咳到三十岁；林黛玉殇于咳嗽，年龄待考。

纳博科夫在《洛丽塔》里说，人有三样东西是无法隐瞒的，咳嗽、贫穷和爱。追加一项尴尬的，痢疾拉肚子也隐瞒不了。

前面提到倪瓒有洁癖，其中之一是烦恼于咳嗽，自己咳嗽和别人咳嗽都不允许。有一次听到客人咳嗽吐痰，马上坐不住，交代童子前去找痰。寻寻觅觅，童子硬是没找到那一湿润的感叹号，他为这一声咳嗽，一夜无眠。遂半夜令童子点灯。

点灯。那童子继续找。

点灯，从元朝把灯捻拨亮开始，后来延伸到手电筒激光。

这个故事证明，人世间可以化痰更可以画痰，如何画咳嗽？如这样推算，咳嗽终是画不出，装咳嗽和装痰的痰盂可以画出。人生不美，一辈子有多少种咳嗽和痰啊，是人生无奈之一。在古典世界里，无奈指一种叹息，古人称“咨嗟”。

画造谣言者的十条绳子

关于画家如何讲段子

1

画家尴尬事有三：一、画一辈子贫穷和瘦风；二、好不容易上拍却无人举牌，座下皆成哑巴或得喉炎；三、半生不熟的顾客见面不说上烟上桌上菜上酒而是直接上画案，索画。

有人反问，你不是常说“三生万物”吗？

我说，我实际只说过“三合一”。

我还说一条成语“贪财好色”。好色即好颜色是画家敬业精神，贪财为体现艺术价值公平。2000 年时，我让荷翁先生刻成一枚引首章常用。

2

一天，开笔会。一位女画商极为锐利地嘲讽道：一张遮不住屁股的破纸要价，以为自己是齐白石？

画家们说，我们是鲁黑水？

我花四十年经营这种案头生意，纯属冒险，投入成本太大，更多人都折本无归。花四十年去种树，早会独木成林。花四十年去愚公移山，能打通冀州一缺遇到哲人智叟儿女成群。花四十年去养鸡，连自己也能打鸣下蛋。

她说，画画上贫嘴贫不过你。

3

一人说，作为作家去画画目的不纯，把文章写好才是本分，有点像王羲之不说字倒炫耀自己的烹饪。

我说我目的纯得很，就是一个“钱”字了得。大画家一定要有大胸怀，一定要热爱小铜钱。

一人见面第一句话就说，你还欠我一幅画。

我说，你还欠我一辆拖拉机！

我给他讲《金瓶梅》故事：一妓院老板请泥水匠整院平地，招待不周，泥水匠故意把阴沟堵死。遇到雨天满院积水，老板花钱解决后，问，哪出毛病？泥水匠答：“和你一样，有钱就流，无钱不流。”

4

郑板桥拒绝以物替钱，“凡礼物食物，总不如白银为妙”。要玩真的。丰子恺说：“指定题材者加倍。”先虚后实。虚谷赠画先有条件，“非相处情深者，不能得其片纸”。想得老家伙一纸不易，靠情深，忌嘴甜。交浅言深，我就没他一张画。

齐白石把手捂得紧，喜欢真金白银。招牌写得亮堂:“卖画不论交情，君子有耻，请照润格出钱”“花卉条幅二尺十元，三尺十五元，四尺二十元，五尺三十元，六尺四十五元，八尺七十二元。中堂幅加倍，横幅不画。册页八寸内每页六元，一尺内八元。扇面宽二尺者十元，一尺五寸内八元，凡画不题跋，题上款加十元”“一尺十万，扇面中者十五万，大者二十万。粗虫小鸟一只六万，红色少用五千，多用一万”……

收藏家和画家双方建立交易能得上品，能夫妻长久，老舍订白石画都出大钱，齐白石卖劲，笔饱蘸，颜色足，印盖显，才有《蛙声十里出山泉》之类精品。

5

荷翁老师，画坛落魄的典范，去东寺门喝羊双肠时，对我说:老子一想到范曾黄永玉们一幅画卖几百万，自己辛劳一生，画却没价值就憋屈。不无缘无故送画，撕了也不送人。

某年一大人物考察清明上河园，在其画前端详。书记马上传话要作品。荷翁说:拿钱来买。

6

想要精品以钱为诚，银圆美金欧元都可。我有个习惯，钱放案前，两眼放光，下笔畅然，灵感绚丽。铜臭墨香交融砚池，会出现波澜不惊、锦鳞游泳的景象。

7

某日来客，说孩子上学需一张画打点校方。我去画。一位不相识者说她丈夫癌症，要画辟邪，我画。一位诗人病重，为答谢周围相助者要送画，我去画。他最后喜欢一张画，我送去时却面对灵堂。

8

“你想画画，你就先割掉你的舌头，因为从此你只能用画笔来表达。”

当画家前要有马蒂斯的觉悟。

9

凡·高说：你还要有割一只耳朵的勇气。

徐渭说：你还要有敲打自己睾丸的胆量。

10

文化记者马波罗采访，他问我，作家也能画画吗？

我说作为一位职业上款待文字的作家，画不好画才是作家的失职。

你的画卖吗？

没齐白石画价高。

何时买你画最便宜？

我说：中午。

为啥？

因为早晚都要涨价。

附：

因为你的线条里没有驿站

读画手札

好线条不是体现在色的明暗、墨的浓淡上，而是应一直自带一种速度，有快，有慢。好线条里要建有一座连一座的驿站。

驿站功能是住宿、登记、补给、歇马、喂马、换马、换帖，是靴子透气的地方，包含休闲、题诗、剔牙、剪指甲、看花草，至于驿站里转身时能否邂逅佳人则是另一出传奇，此处不表。因为有了驿站，去到目的地的速度慢下来。

今日驿站是高速公路服务区，有货物中转站、物流中心，石化加油站。那些反光的蓝色玻璃在拒绝慢。

毛笔的功能在写字画画时主要体现为管控速度，画家线条里要有驿站，我看到大画家的作品里始终有所保持：金农的有驿站，齐白石的有驿站，潘天寿的有驿站。郑板桥的没有驿站，他只是原地打马转圈，重复萌发竹叶子，春风吹又生。八大的没有驿站，是他自己特意放弃不要，他要快速度，他的荷梗需要通明的速度、交叉的速度，他已经停不下来啦。吴昌硕是齐白石的编外老师，没有驿站。张择端则是坐在一座驿站里作业，看窗外市井走卒牛马。

以上我说的都不是技巧。

我不懂绘画技巧。

当代中国画家大都谈不上线条里有驿站。他们的线条只管加大速度，或交通堵塞只有墨疙瘩、墨鼻涕、墨口水、墨呻吟。有的线条里掺杂有人来疯，有裹脚布，有人造棉，有人民币和落案锤声。

具体我就不点名了。有你，有他，有她，肯定也有我。

画句子记

“好句子是画出来的”一句的缩写

上篇：文字和颜色

我的文章不能论册、论篇，要论块，像切西瓜，是用文字作颜色加上小聪明而表演的一块小道场。

何谓“北中原”？用句子作栏杆标志插下来，圈出一块地方乡土，其情感长短不一，我私自称作文学地理的“北中原”。有读者问我，这个“北中原”具体是哪个地方？我说，你想是在哪个地方就在哪个地方。

我最早写诗，从一截残句起飞，开始做诗人之梦，一直钟情诗歌，现在依然写诗，诗心未改，诗歌支撑成全了自己的文字塔；后来写散文，散文应是诗歌管辖的二级机构，我开始成为二级机构成员。后来画画，再成三级机构成员。

散文家或散文集，口中说出的话和手中拧就的句子要有自家颜色，像主持布道和匠人编席。历史上，张岱笔下的句子像白梅花，金农后来是照着张岱句子画梅花的，俩人不在同一时区也没商量过，埋头干一样的事情，属于色作之和。鲁迅句子的颜色是铁色，句子板着冷面孔，是陈老莲木刻的样子，老梅枝丫。孟元老句子的颜色是对一幅长卷《清明上河图》的一一涂色。苏轼笔下的句子是海的颜色，潮去潮来，大海一般的苏东坡，永远是活的，让我时常想起，苏轼和苏东坡是两个人：前者是公务员，后者才是诗人。苏东坡的句子最不好临摹颜色，我试过，况且他说着说着，扯到句子以外的颜色了，譬如在黑暗里移过来一只飞鹤。

少年时立志当一名画家，梦想自有原因，最早见集会街头民间艺人卖画，人来人去，我能蹲着观赏一天。我崇拜这些乡土艺人，他们做事简单：一摊位一张纸一狼毫，顶多为防风在摊布上压一砖头，腕下便出来山水世界、鸟语花香。一个集会下来，出售了自己的颜色，他们散会有米有面，有养家糊口的本钱。

说出这起点实在品位不高，提不到桌面上，后来开始好高骛远，做文学梦，他人说，不好好说人话。当了诗人，写诗歌，再后来当作家，写散文，无论体裁如何变换，笔下一直揪心文字的颜色，不由自主想把句子涂上颜色，觉得作家文字断崖之处，要看画的颜色了。画的尽头是空蒙云间，作家不需担心，自会有句子搬着梯子接上去。

一本书里，能看文看画最好不过，怂恿散文的出轨，这也是我文学之路上图画和文字结合的特点和习惯。一位评论家忠告说：特点就是毛病。

毛病我改不了。

散文人人可锻造，像打造镰刀斧头闹文字革命，大作家营造气象浑雄之境界，只有小作家才埋头打磨句子，重视局部，像捕鱼者关注水纹变化，像工匠在镶嵌一件景泰蓝鼻烟壶，烟雨涌来，格局肯定嫌小。

文字热爱颜色的缘故，有了文图并列组合，有了瓜瓤瓜皮一样的书。

下篇：颜色和文字

让句子暂停，把颜色再调远一些。

虚谷是我喜欢的一位画家，他会“画颜色”。虚谷任过清军参将，后有感触披缁入空门，这近似顿悟。他不当作家，我一直没见《虚谷小语》。其人一生简历就是“四套件”：穿过儒服、戎装、官服、袈裟，最后睡在关帝庙画案上，乘鹤西归。

他画花果、禽鱼、山水、金鱼、松鼠尤为著名，笔墨老辣奇拙，用干笔偏锋，敷色以淡彩为主，偶尔亦用强烈对比色，风格冷峭新奇，隽雅鲜活，匠心独运，无一呆滞相。吴昌硕叹道，“一拳打破去来今”。我少年时代床头墙上贴过他一张《松鹤图》，肯定是印刷品。虚谷如果写作，他会调理语言，把颜色运用得是：正欹、平奇、虚实、轻重、藏露、布白。句子空灵，有空间感，平中求奇，静中有动，虚实相生，突破常规，生意盎然。这样的人掂笔再写作，根本没有同代作家吃饭的份儿了。

我臆想里，能把文章和颜色贯通一气的只有虚谷，可惜他不写散文。

有一天半夜，他对我说，要颜色变形，要“来得狠，舍得妙”。虚谷之前，八大将鱼眼画成方的，眸子点在眼眶边，冷光向社会，白眼朝青天，以示蔑视态度。到虚谷笔下，他把金鱼身子画方形，鱼头画方形，他推动一方一方金鱼在纸上游动。同时代，西方印象派画家塞尚、莫奈，和虚谷画风有相似处，两地离这么远，真有点玄乎。虚谷说，你句子也要写成“方形的”，像铲子。

这都是纸上谈兵，关键要看句子出笼之后的模样，是蚯蚓还是黄鼬。句子要大于颜色，句子要小于颜色，句子要携带颜色。

以上是一边写字一边掺颜色的体会。

画家一谈创作体会就不可爱了，犹如作家不说字偏说色，避实就虚，像一个行者一旦登上领奖台同样也不可爱了，不管找啥理由搪塞。

前言之箭不搭后记之弓

编完此集，觉得这似一本画坏的画集或是镶满错句的文集，不假思索命名为《画梦录》。又细想，这岂不和七十年前诗人何其芳一书“撞衫”了？未免有借光嫌疑。马上改为《画画的故事》……其实也可叫《怼画录》。

当下作家作画如同画家写文，都是玄之又玄，如走钢丝。

河南话里，“怼”不是“细词”是一个“粗词”，含鲁莽猛烈味，起意多指做壮汉粗事。怼架是干架，干事干活喝酒都是一个“怼”。不过工程师修理航天飞机时断不能叫怼，会让航天员听到后受惊吓拒绝登舱。

荷翁是中原考古专家评论家兼画家，他叼着那柄古巴烟斗对我说，此一词还可释为“讨论”“碰撞”之意。

文人一装腔就离题远了。世道焦躁，百爪挠心。其实当下画家都在怼画，不是对画也不是对话，而是应运而生其他，大家都没理想心境，都焦躁，都在那儿“怼世界”。

这是一本看似玩物丧志其实并不丧志的闲书，你想丧也丧不到哪里去。画不好我来写，文不好我找画，我还会让文图互相躲闪不见，捉“字色迷藏”。雪在宣纸上，融化前雪是雪，融化后宣纸就是烂纸了。我喜欢一种“艺术黄花鱼溜边主义”。

世上有作为者都在大讲“文以载道”，不作为者都在说“文以载趣”。其实两只船可合并泊在一个码头，拧成曹操赤壁的连环船，浪中击水，各弄各的船桨，各玩各的航道。

文坛评论家说我是“作家里最好的厨子”，烹坛美食家说我是“厨子里最好的画家”。我分不清他们是恭敬还是嘲讽，觉得都是变相鼓励，不叫我从文。

“新冠”病毒把世界打回原形，今夕何年？江湖明月。江湖是生活也是文字，江湖是我安身立命的一片打麦场。黄庭坚谈体会时说过“江湖夜雨十年灯”，文艺也有定数，他没有说十一年灯。艺术有规律，就是在十一年之后必须“出轨”。我喜欢艺术领域里是“贰臣”，有趣的艺术都有一个遥远的“后娘”。“后娘”站在灯影里关注你，好文字都是姥姥不疼舅舅不爱语文老师批判不通的。文字再加上颜色，让笔犯错，一错而再错，再错而三错。三原色里，文字一错就出彩了。

此为“捕色者说”。

午马初春汇集，
子鼠疫时又饰，
辛丑再抄。
皆客郑也。

色

工笔和写意两者结合，会出现视觉落差感，造就齐白石画蝉加泼墨的别样感。我掌握了一个秘诀，再糟糕的写意败笔若有工笔收拾补贴，画面都会起死回生，焕然一新。我周围几位偷懒的文人画家皆步从此道。